わたしを愛してもらえれば、
傑作《けっさく》なんてすぐなんですけど!?
初めての口づけ、
舌と舌が絡まった刹那、
僕は、見知らぬ場所にいた。

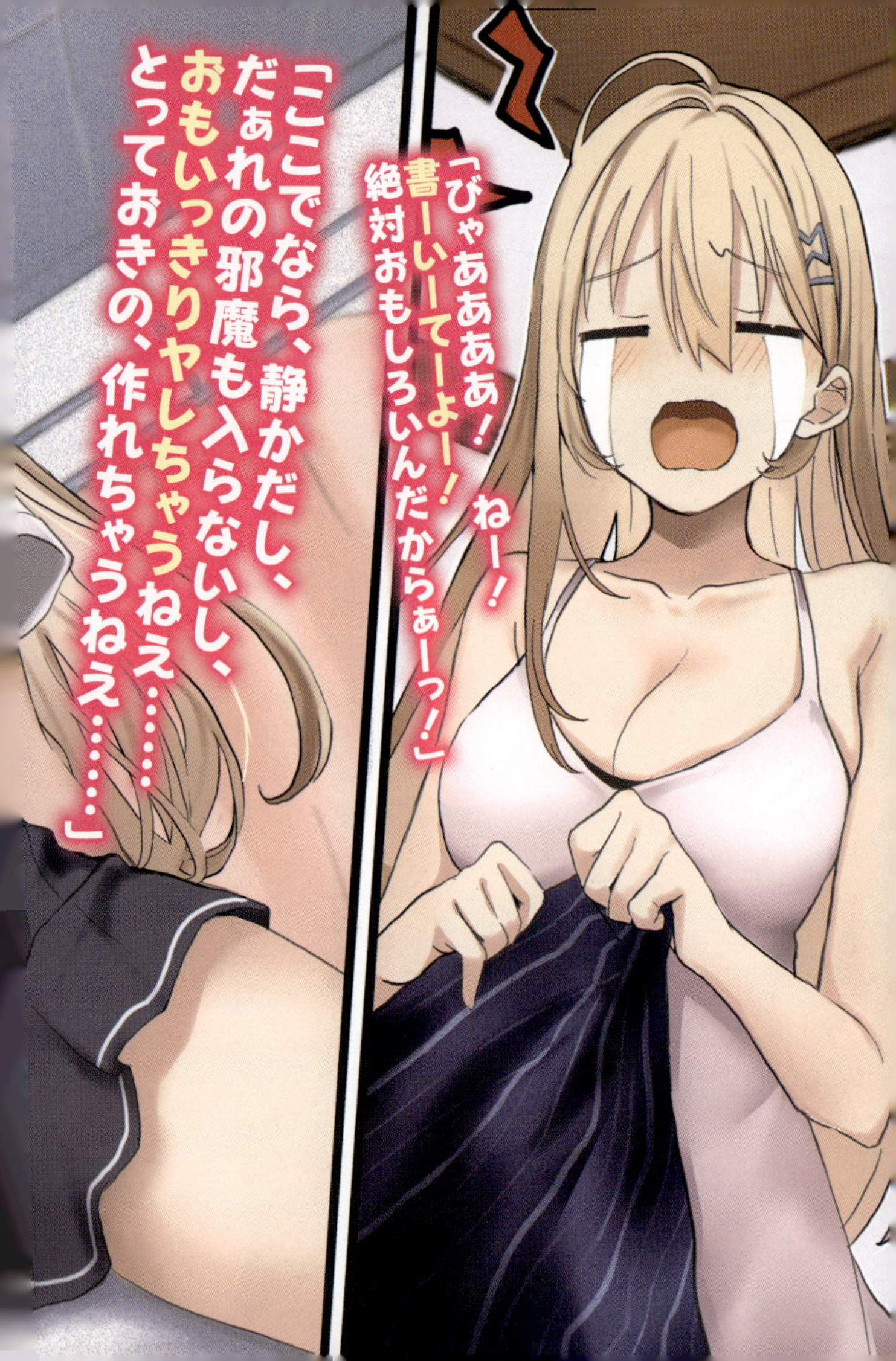
ねー！
「びゃあああ！
書ーいーてーよー！
絶対おもしろいんだからぁーっ！」
「ここでなら、静かだし、
だぁれの邪魔も入らないし、
おもいっきりヤレちゃうねえ……
とっておきの、作れちゃうねえ……」

「おはなし、かいてくれるんだよね。えへ、たのしみ」
おねえさん、先輩、幼女……
変幻自在に姿を変え、甘く迫ってくる
“りやなさん”は何者なのか――!?

「ふふ、うふふふふ。効いてる効いてるぅ。ほれほれほれほれほれ、ほぅれい」
「ど、どぅひ、どうひへ……」

わたしを愛してもらえれば、傑作なんてすぐなんですけど!?

殻半ひよこ

FB ファミ通文庫

Contents

Illustration：ハム

プロローグ

冴えない作家と誘いのミューズ

死にたくない。

死にたくない死にたくない死にたくない、全力で勘弁《かんべん》してほしい。

このまま何者にもなれないままで終わるなんて嫌だ。途切《とぎ》れるなんて認められるか。

だからお願いです、どうか、どうか——。

「どうか出てこい、傑作《けっさく》ネタッ！　もう打ち切りは嫌なんだよ！　神様でも悪魔でも誰《だれ》でもいいからインスタントにひらめきプリーズ！　平気平気、ご都合主義とか気にしないというか、それ主食の作風なんで！」

庭の木で、ツクツクボウシが鳴いている。ぬるい風が開けっ放しの障子戸から入り、外しそびれの風鈴がむなしく揺れた。

ネタの欠片《かけら》も捻《ひね》り出《だ》せず、畳敷きの書斎で、ひと夏を終えたセミのように倒れ込む。

……ああ、見苦しい場面をお見せした。

僕は新井《あらい》進太朗《しんたろう》。十七歳、高校二年生——そして、ご覧の通りに、神頼みを叫ぶ程度に追い詰められた、駆けだしにして売れない作家だ。

座右の銘《めい》は、『作家たるもの変人であれ』。

「……喉渇《のどかわ》いた」

悪夢的な白い画面から逃避して台所へ。九月下旬の熱気でぬるくなった水道水を、コップ二杯分干した。

そのまま部屋に戻ればいいものを、鬱々《うつうつ》とした足は勝手に床の間へ向かっている。

そこにあるのは、笑顔だ。

仏壇の中には、こっちの気も知らずに穏《おだ》やかな微笑《ほほえ》みを浮かべる男がいる。三十九の晩年ではなく、まだこういうものを撮る余裕や暇《ひま》があった時期の写真。

在《あ》りし日《ひ》の、父の遺影。

「なんだよ。言いたいことあるんなら言ってみろ」

セミの声ばかりがうるさい。

「言えないよな。ここにいないやつには。できないだろ。生前はどれだけすごかったにしても、今のアンタにゃもう何も」

あえてそちらの名を呼ぶ。父ではなく、作家としての筆名で。

「今に見てろ。早瀬《はやせ》桜之助《さくのすけ》。僕がわざわざ、住んでた家からここに引っ越して来たのはな、弔《とむら》いでも寂《さび》しがらせないためでもあるもんか」

己の心を奮い立たせる。戦意で気力を充塡《じゅうてん》する。

「ここにいるのは、アンタが名付けた新井進太朗じゃないぞ。自分で決めた筆名の——

明日木青葉《あしたぎあおば》だ。僕はここに、戦いに来たんだ。同じ土俵の作家として！」

そう啖呵《たんか》を切った直後、仏壇の横に積まれたものが目に入って、否応《いやおう》なしに威勢が削《そ》がれる。

並べて積むと、高さがざっと三倍は違う、早瀬桜之助と明日木青葉の著作たちだ。

「……戦いに来た、んだけど、さあ……」

手に取り、めくって、奥付を見る。

早瀬桜之助の一作目の奥付に記《しる》されたるは──【第十三刷発行】。記されたるは、つい一月《ひとつき》前の日付。

対して僕、明日木青葉の、発行から二年経《た》つ一作目は……【初版発行】。無情にも、発売日の日付。

「……ううう……」

九月末のツクツクボウシよりよほど弱々しい、断末魔みたいなうめき声が出た。

重版のたびに更新される、床の間の【現在地発表《リザルト》】が容赦《ようしゃ》なく現実を示す。ここに増刷ごとの部数まで加えてしまえば、高さの差はいっそ笑えるほどになる。

「あーーーーーーーっ！」

現実に足すことネタの出ない疲れで、我慢の閾値《いきち》をあっさり超えた。

「つらい……やだ……作家とか世界で一番虚業だが……？」

身も蓋《ふた》も無い言葉も出よう。執筆依頼が五年先まで埋まっていた父と違い、僕は何処《どこ》に原稿を出しても『うわ……』の同情覗《のぞ》く、連続打ち切り作家だ。

筆が止まらなかった経験なんぞない。書いていてつらくなかった例《ため》しもない。作家生活三年目、今やキーボードをどう叩いたところで「でもどうせ」の感触ばかり先に立つ。

……そもそも、あえて考えないようにしてきたのだけれど。

この家に乗り込んできた決意に、一片の下心も無かったと言い切れるだろうか？

たとえば、早瀬桜之助に関するとあるインタビューでは、聴者の言葉でこうあった。

「町の外れに位置する閑静な日本家屋。西に面する縁側は太陽の動きと共にあり、一日の過ぎ行くさまと共にある。風通しのよい書斎はどこまでも日常と地続きで、この空気の中でこそ数多《あまた》の傑作が生まれたのだろうと感動し、納得が湧きあがった」

たとえば、他でもない勝負相手な早瀬桜之助の作品に、こういう一文もあった。

『お引越しって、素敵ね。住むところが変わるのはさみしかったけれど、今はもううれしいばっかり！　不思議、このおうち、まるで、しあわせがつまっていたみたい』

「……ええ、期待してましたけどぉ⁉　ここに引っ越してくれば、なんかどうにかなるんじゃないかって！　環境変えればヌルッとネタも出んじゃないかってぇ……！」

結果はご覧の悶絶《もんぜつ》だ。

そんな甘い話、物語《がんぼう》の中にしかない。

越してきてはや一週間、大作家が使っていた部屋の、大作家が傑作を仕上げた机で、キーボードを打てども打てども身につまされるは夢と希望の不在証明。

そりゃそうだ。産みの苦しみに、都合のいい痛み止めなどあるものか。

「うぐぐぐ……だ、だめだ、いけない、これは……！」

転げるように床の間を出て、洗面所で顔を洗い、執筆の疲労とネガティブ思考をわずかに削減する。台所へ取って返し、元気がハッツラツに湧いてくる、茶色い瓶の炭酸飲料で喉と頭に活力を補給する。

「——そうだ。僕《ぼか》ぁまだ、アイツと違って生きてる。これだけは、現状の本当だ」

殊更《ことさら》に口にすると、腹の底に熱が宿る。言葉にはきっと、魂が宿る。

「はっ！　なーにが大作家、百人泣かす早瀬桜之助！　そうだ、僕の作品は、アイツのよりも面白いッ！　……ものを、これから書いてやるもんねっ！」

自分自身に言い聞かせるように叫び、思いきり頰《ほお》を打って気合を入れた。

大股で廊下を行き、勢いよく襖《ふすま》を開け、再び自分の戦場たる文机《ふづくえ》に戻ろうとして——。


そして、僕は、化かされる。


書斎の縁側にいたのは、人でないものだった。

少なくとも、僕が思う「人」の美しさの範疇《はんちゆう》を、それは易々《やすやす》と超えていた。

長い髪が風に遊ぶ。陽《ひ》を受ける横顔が艶《つや》めく。たおやかな指がめくる本の頁《ページ》は、座布団の周囲に散らかしていた、僕の著作、最新の三冊目、【紅《あか》と朱《あか》】。

身体《からだ》が瞬時に固まり、頬が瞬間で紅葉したと思う。

胸の奥からせりあがったのは、暴力的なまでの光栄だ。あんな美しいものが、僕の作品を読んでいるということ。同時に、すすり泣いてしまいそうなほどの恥辱《ちじょく》。作家において、作品とは誇りであると同時に、もっとも柔らかい内臓に他ならない。目の前で丹念に覗かれることに、抵抗を覚えないものなどあるだろうか？

いつからだろう、あれだけうるさかったセミの声まで止《や》んでいる。

永遠より長い時間が過ぎて——ギロチンを落とすように本を閉じる。

その目はこちらを向き、唇《くちびる》が開き、そして、魂が宿る言葉が告げられた。

「惜《お》しい」

声には、深い、憂《うれ》い。増水した川が溢《あふ》れるように、女の瞳から涙がこぼれる。

「やりたいことがあるのよね。けれど、自分が一番わかっているのよね。刃物を持つ手に籠《こ》めた力も、ここだと突き刺した急所も、全部ぜんぶ届いていない、って」

その指摘こそ、必要十分の力が籠もり、寸分違《すんぶんたが》わず急所を突き刺す刃物だった。

明日木青葉の最新作、つまりもっとも作家としての力量がついているべき作品で、現時点までに下された評価は【単巻完結《イキドマリ》】。

ああ、いつもそうだ。僕は作家として未熟にも程があり、その続きを出してもよいと評価された例しがない。創作者として、一番見抜かれたくない、死ぬまで隠し通して目を逸《そ》らしたかったものを突き付けられた——『お前は浅い』と。

今にもうずくまって悶絶したい駄目作家に、怪しい美女は更に畳みかけてくる。

「においがする。とてもかすかだけど、早瀬桜之助のかおり。……へえ。きみ、あれになりたかったのね」

「……っ！」

最悪だ。いっそ消してくれ。記憶なんて甘ったるいことを言わず、僕の存在自体。

「よかった。それなら、わたしが要《い》る」

本を置いた指が向けられる。細く、長く指揮棒《タクト》を思わせ……いや、違う。

蛇だ。

細められた瞳の怪しさは、禁断に誘う蠱惑《こわく》をおいてない。

選ばれたことが幸福なような。

標的になってしまったのが、恐ろしいような。

「きみが望んでくれれば、わたしがきみを、あの子以上にしてあげられる。あの子が終えたその先に、殻《から》を割り、羽を育て、飛び立たせてあげられる」

おいで、と声を聴いた。ような、気がした。

彼女は何も言っていないかもしれない。僕が勝手に、そう感じたのかもしれない。

どうしようもなく惹《ひ》かれながら、けれど身体は固まったまま。僕は相変わらず動けなくて……なのに次の瞬間、彼女は僕の願いを叶えていた。

目の前にいる。

美女は立ち上がった状態でいつのまにかすぐそばにいて、その指に胸を押された。畳に尻もちをついた僕の頭を撫《な》でて、情熱的な風のようで、芯まで凍える真冬の水のようでもある不思議な吐息をひとつする。

改めて、近づく顔を僕は見る。

肌が、異質に白い。胸がすく草原のように眼が碧《あお》い。

ぬらめいて出た舌はまさしく蛇のそれであり、捕食される瞬間に『ところでこの人は、一体どこの誰であり、いつの間に入ってきたのだろう』なんてどうでもいいことを思う余裕があるわけもなく。

初めての口づけ、舌と舌が絡まった刹那《せつな》、僕は、見知らぬ場所にいた。

そう、確かにそれを見たのだ。幻覚なんかじゃない。鮮明なイメージが浮かんで、僕の視界は想像に支配される。

ひらめき《インスピレーション》。それも、今までの人生ではどれだけ望めどかすりもしなかった境地のもの。

僕はそこで、実感を得た。聖処女《せいしょじょ》が神託《しんたく》を受けるように、為《な》すべきことを理解する。

もう、何を悩んでいたかもわからない。ずっと詰まっていた一文、この先の展開、そんなせせこましいことは言うまい。八ページほどしか書けていない長編ストーリーの結末どころか、それがインクの身体を得て紙に乗り、滂沱《ぼうだ》と共に人の胸に永年刻まれる事実までもありありと、予感ではなく確信としてわかる。

有《あ》り体《てい》に言って。


明日木青葉は、社会を揺るがす傑作の霊感をいただいた。


「さあ、どうぞ」

口が、舌が離れても、顔はまだ近い。

絶世の美女が、僕が望んでやまなかったものをもたらした乙女が、誘う。

僕をそっと文机の前に座らせて、白いテキストの画面に向かわせ、ささやく。

「たたきつけて、欲を。今のきみなら、それができる。超えたくてたまらなかった、憎くていとおしい相手を上回る、人の胸に、永遠にせつなさを残すような作品が。どうか、それを見せて。きみには、わたしがいないとだめだって、証明し――」

「ふんっっっっ！」

それは、あまりに唐突な反応だったもので。

絶世の美女も、固まって絶句していた。

思いきり机に頭をたたきつけるなんて、思ってもみなかっただろう。

打撃に巻きこまれたキーボードがぶっ壊れ、キーキャップが弾けて飛んで畳の上に散らばった。

額が、じんじん、ずきずきする。おかげで、冷静になれている。

「え、え、ええ……？」

「——あ、あー、あー。いや、足んないな、これ。くそ、まだ頭に残ってやがる。ええい、小癪《こしゃく》な。だったらこうだ！」

「えー⁉」

書斎兼自室、だらしなく敷きっぱなしの万年床《まんねんどこ》に着替えもせず飛び込んだ僕に、美女……改め不審者女が叫びをあげる。

「ちょちょちょちょ、なーに⁉　なにしてんのよきみぃ⁉　わたしのあげたおためしインスピ試食版、長持ちしないって感覚でわかってるわよねえ⁉」

「わかってるとも、だからだろ。ネタが出ない時、反対にコレジャナイネタが出すぎる時、万能薬が睡眠だ。書きたくもないネタが頭にこびりついた時は、この手に限る」

「か、書きたくもないネタぁ⁉　何言ってんの、きみ承認欲求《みとめられたさ》だだ漏れだったでしょ、だからわたしが来たわけでしょ、このまんまじゃダメダメなかんじだったでしょ！　書きかけの原稿も覗いたけどさあ、この出だしから辿《たど》り着《つ》くベストオブベスト、誰もが泣けることうけ合いの、私も読みたい趣味ばっちりなのが思いついたはずで」

「それだよ」

「べやっ⁉」

化けの皮が剝《は》がれた不審者女の額を指で突《つつ》き、尻もちをつかせ返して言ってやる。

「どんだけ向いているって言われようと、僕はそっちをなぞらない。明日木青葉に、早瀬桜之助の終わらせかた《ハッピーエンド》は——人生かけての解釈違いだ。それで一流になれるとしたって、あんたが書かせたいものなんか、絶対書かないよ」

瞳を閉じる。頭の中に浮かばされた、いかにも万人受けしそうな父の作風を追い出すことに集中するうち、どんどん眠気が来てくれる。そうなるともう、不審者女の喚《わめ》き声《ごえ》さえ子守唄だ。なまじ声が美しいもので、リラックスの効果があるのは本人には皮肉だろう。

「待って待ーってよぅ！　だったらせめて、メモ！　メモだけでも残そぉ⁉　それで食ってくから！　妄想つなぐから！　最高の物語思いついたでしょ、まだそこにあるでしょ、書いてよ書いてよ書いてよ、出すもん出してから眠れ——っ！」

聞こえるが問題ない。二日ほどろくに寝られていなかったことも相まって、すがりついてくる刺激より眠気のほうが圧勝だ。おやすみなさい、ざまあみろ。僕は売れない残念作家だが、書きたくないものを書かないちっぽけな自由は、決して誰にも侵《おか》させない。

「びゃあああ！　ねー！　書ーいーてーよー！　絶対おもしろいんだからぁーっ！」

——ただ、少しだけ。眠りに落ちる直前の、混濁《こんだく》した意識で思い出す。

昔。自分もこんなふうに、【ぼくのかんがえたさいこうのはなし】を書いてくれ、これなら絶対売れるから、と父にせがんで困らせた——遠く、遠く、もう二度と訪れることのない、その時間を。

とまあ、このような感じに。
腐心《ふしん》の作家と不審な女の遭遇は、徹底的ディスコミュニケーションから幕を開ける。
色々思うところなどあるだろうが、何はともあれ。
『こいつ、偏屈《へんくつ》で、生《い》き辛《づら》そうだなあ』と思っていただければ、変人志望は幸いだ。

起

安い矜持と甘い誘惑

〈1〉

早瀬桜之助《はやせさくのすけ》の遺産の中で、『最も値価がある』と誰もが納得するのは七冊の著作。

そのままで扱えば微妙、と目されていたのは、郊外の屋敷。

若干のリフォームが行われているとはいえ、築四十年の平屋はどうしたって古めかしい。交通機関や各種商店へのアクセスも不便で、取り柄があるとしたら、住宅街からも離れているおかげで昼も夜も静か、多少騒いでも問題なしというくらい。

ただ住むだけの物件としては並だが、別の使いみちもあると提示されていた。

早逝《そうせい》した大人気作家の終《つい》の棲家《すみか》、数々の傑作が生まれた場所としての、観光地化だ。

国内にとどまらず海外からの集客も見込めるとかで、県庁からやってきた役人さんは具体的な計画書を見せ、腹を割った話をしてくれた。

『より多くの人に、早瀬桜之助という作家を、彼が生きた証をより明確に残す。私はそれが、自分の使命であると思っています。先生は未《いま》だこの世界に、いいえ、いつまでもいつまでも、確かに存在しているのだと』

悪い人ではなかったと思うし、提案についても同様だった。

早瀬桜之助の痕跡を、個人がどうこうするよりずっと安全に、長く保存できる。蔵の中で埃《ほこり》をかぶるようなものではなく、人々の思いと共にあるかたちで。

誰にとっても、きっと、それがいい。

『――すみません。せっかくのおはなしですが』

そういう願いを、僕は断った。表沙汰《おもてざた》になれば、全早瀬桜之助ファンを落胆させ、明日木青葉《あしたぎあおば》のアンチにさせる行為だろう。

『あの家、僕が住もうと思ってるんです。父がいた場所で、父に挑みたい』

そう言われた役人さんの、苦虫を嚙《か》み潰《つぶ》したような顔といったら。

足跡の上でダンスを踊ればどうなる？

答え、踊った者の足跡で上書きされる。

早瀬桜之助の家に住むということは、彼が最期《さいご》の散歩に出るまで住んでいた家を、他人の生活で塗り潰すということだ。それは完成した原稿に墨汁をぶちまけるみたいに、取り返しがつかず、元には戻らない。

荷物が運び込まれる引っ越しの前日まで、役人さんは説得にきた。

引っ越しがすんだ初日、彼は、引っ越し祝いを持って挨拶《あいさつ》にきた。

『どうか。先生も、良い作品を書いてくださいね』

言葉は額面通りじゃない。【早瀬桜之助の息子】という天下無敵のラベルもかたくなに貼らない意地を張りながら打ち切り続きの三流作家に、その目は期待などしていない。

では、先の言葉は社交辞令か。

いいや。もっともっと、意味は重い。

『お前は取り返しのつかないものを台無しにしたのだから、どれだけ才能が見合わなかろうとも、生涯実力が追い付くことが有り得なくても、その報い《ツケ》を払い続けろ』……早瀬桜之助の大ファンからの、つまりはそういう応援《うらめしや》だ。

言われるまでもない。その程度の覚悟、とっくにできている。

僕は、早瀬桜之助に挑むために、あえてアウェーに踏み込んだ。

呪いがどうした。食ってやるとも、あいつの全部。育ってやるさ、この場所で。

その時こそ、新たな伝説の誕生だ。早瀬桜之助が住んでいた家じゃない、明日木青葉が住んでいた家として、価値をより大きく上書きする。

見てろ。僕は絶対、誰にもあんな目をされない、あいつを超える大作家に――。

【〆】

「――くしゅっ」

自分のくしゃみに起こされた。九月下旬がいくら残暑の尾を引いているといっても、縁側の戸も開けっ放しであれば、涼しさよりも寒さが勝る。この古民家は、縁側と外の仕切りにガラス戸もない。古いとはいえ、何とも大したセキュリティだ。

洟《はな》をすすって身体《からだ》を起こして周囲を見まわし、そこにあるのが、いつもの風景であることを確認する。……うん、つまり。

「なぁにしてっかなぁ僕はぁぁぁぁぁぁっ⁉」

これが吠えずにいられるか。

記憶をたどれば、昨日布団に潜り込んだのが、陽《ひ》も赤い夕方ごろ。壁にかけてある時計を見れば、現在朝六時十五分。たっぷり半日はグッスリ、休日を浪費したわけだ。

この、ただでさえ原稿が遅れまくっている切羽詰《せっぱつ》まった時に！

「ぐおおおおおお！　しかもなんだよ、あんの都合のいい夢さあっ⁉」

夢であり幻であって現実ではない、それだけは確実だ。寝不足だった頭が、考えても考えてもネタの出ない苦悩と相まって、最高に最低な願望と繋《つな》がったに違いない。

「ありえるわけないから！　あんな僕のツボのド真ん中、みずあめぽっと先生のラノベに出てきそうな少年誘惑あまあまリード型パーフェクトえっちボディ、更にその上ツバサを授けてくれる優しいお姉さんとかさあ！」

布団の上で悶《もだ》え転《ころ》がれば、庭を通りがかった野良猫も『は？　こっわ……』とばかりにダッシュで引き返す。僕は縁側に出て、腹の底から無念を発散する。

「どうせ夢なら、揉《も》んだり揉んでもらったりしときゃよかったぁ――――っ！」

ピュチヂヂヂ！　と電線から一斉に飛び立つ小鳥たちを見送り、感情を無理矢理に整理した僕は朝の準備に移る。

冷静になれ、新井《あらい》進太朗《しんたろう》。早起きのメリットは郊外住まいのデメリットで相殺《そうさい》だが、少しくらいは原稿に向かう時間はある。手早く登校の準備をすませ定位置に座れ、固き信念を思い出せ、摑《つか》めなかったふわふわおっぱいなど忘れて！

「……いや待て。そもそも人間は、乳も揉まずに傑作が書けるものなのか……？」

顔に浴びせる冷水で思考がいくら冴えようと、大いなる疑問の答えは出なかった。ならば腹にものを入れて頭に栄養を回そうと、台所へ向かう。

「やあ、おはよう」

美しい髪が朝の陽に映えており、僕は無様に尻もちをついた。

台所に立っていたのは、女児アニメのキャラクターが描かれたキュートなエプロンを身に着けながらも、その圧倒的なパワーによって内側から胸元のイラストを変形させる……すなわち、怖くて泣いちゃいそうなほどの煽情の体現者《メッチャスケベアバター》であった。

「そろそろ起きると思った。冷蔵庫のもの、使わせてもらったわね」

味噌汁の匂いが、すっからかんの腹と鼻をくすぐる。茶碗に炊きたてのお米が盛られ、皿に載せて運ばれる旬の鮭の桃色に唾が出る。

「どうぞ召し上がれ。それで、お腹《なか》が膨《ふく》れたら……ふふふふふ」

料理を並べ、エプロンを外す彼女の、内に籠《こも》っていた熱気が解き放たれるのが見えた。

そして彼女は、僕と同じく……いや、僕よりも余程、腹が空いて飢《う》えたように、舌なめずりをして、ささやいた。

「原稿にしましょ。今日はとーってもいい天気だし、さぞかし筆も進むわよね。ずっと見ていてあげる。そばで応援《がんばれ》してあげる。欲しいものならぜんぶあげる。だから、ね。書いて？　きみが辿《たど》り着《つ》きたいもののために、わたしが読みたいもののために――」

「……あ、もしもし、警察ですか？　朝早くからすみません、なんかうちに、スケベな不審者が入り込んでまして」

「ちょぉ――――っ！」

不審者女が飛び込んでくる。右手でスマホをひったくると同時に通話を切断、フローリングへ着地するショックは乳で和《やわ》らげつつ左手で受け身を取る。

「おおー、すごいすごい。見料ってことで警察に突き出すのは勘弁《かんべん》するから、自分で出ていってくれるかな、不審者さん」

「おはなし！　とりあえずおはなし聞いてくれないかなあ！　いきなりはへんなことしないんで！　ほら、おいしいご飯もできてるよぉ！」

半泣きで食卓を指さす不審者。その動作の余波で乳が揺れる。それがあんまり弾《はず》むもんで、どうやら催眠術か何かにかかったらしい。心の寛容がほっこりと増していく。

「じゃ、ごはんくらいは。人が自分のために作ったもの、無視するのはよくない」

席に着き、いただきますと手を合わせる。初手で啜《すす》った味噌汁は……む、結構な御手前で。その表情を抜け目なく見た不審者は、得意げな笑みを浮かべる。悔《くや》しい、でもこの合わせ出汁《だし》には抗《あらが》えない……！

「わたしねわたし、かしこいから知っているのよ。学校って、将来なりたいもののために通うところでしょ？」

「まあ、そうとも言える」

「きみにはつまりいらないものだ。だって、もう将来は大安泰と決まってるんだから！このわたしと出逢ったからね！」

ウィンク・舌ペロ・横ピースのよくばりセットをかましてくる。すごいなあ、この自称かしこい不審者ウーマン、自分がここにいる経緯とか発言とかがどれだけ110番ものか、ひょっとしてわかってらっしゃらない？

「赤入れ《ツッコミ》どころ多すぎて真っ黒で真っ赤なわけなんだけどさ、聞いていい？」

「ご奉仕スキルの内容なら別途資料にまとめてお渡しできるわ！」

「違くて。まず、あんた誰？」

現状の僕の認識としては、席を外した隙《すき》に縁側から侵入していた怪しい女で……しかも、彼女の存在が夢でないとしたら、特筆すべき点がもうひとつある。

「ふふ。そんなの、もうきみはとっくにご存じじゃあないかしら」

机に身を乗り出してくる。自然、強調される偉大な谷《ビッグバレー》。この女、自分の武器の使いかたをご存じしている……！

「何を隠そう、わたしは悩める才人に大ヒット間違いなしの霊感《インスピ》さずける魔性の女。当然、それだけじゃないわ。打ち込むべきことに邪魔なもの、残らず取り除いてあげる。食事も、お風呂も、散髪も、買い出しも、事務手続きもメール返信も、経費精算も確定申告も、もう何もきみを悩ませない。さあどうか、わたしに望んで。何もかもを――」

「ごちそうさま。おいしかった、ありがと。皿洗いはやるんでそのままでいいよ」

「なーんでよぅっ⁉」

妖艶《ようえん》から涙目への移行が瞬間芸《シームレス》すぎる。

「逆にどうして⁉ きみ、悶えてたよね、悩んでたよね、苦しんでたじゃない！ こんなカワカワ美人が持ってきた最高の条件、拒《こば》む理由なくない⁉」

「何もかも自分で言うこっちゃないんだよなぁ」

本人の口から出れば出るだけ怪しいワードを臆面《おくめん》もなく連発する、その自信は見習いたくないこともない。しかも、困ったことに信憑性《しんぴょうせい》まであるときた。

打撃と睡眠で追い出しこそしたが、今もまだ、経験した記憶だけは残っている。

これを世界に出さないのは、大いなる損失《そんしつ》で裏切りだとさえ思えるほどの、大傑作のイメージ。創作者なら大小の差はあれ誰もが味わった経験があるだろう、〝最高〟が生まれた実感が湧き立たせる、全能の高揚感《こうようかん》。

目の前の彼女はそれを、口付けで能動的に引き出した。

　……あぁ、いや。僕がそういう経験まるっきりない身の上なんで、はじめてで突然のキスを受けたショックでトリップしたという可能性があるのが切に悲しい。

「あんなのおためし。もっと深いつながりを持てば、イメージももっと具体的になる。ねね、あの感覚、ちゃんと味わいたくない？　そんで、今度こそ見せてよ、きみの中に湧いた、最高の――」

「でもあれ、バッドエンドだろ」

　ここで、はじめて。魔性の女は、困惑ではなく……虚《きょ》をつかれた顔をした。

「ばっどえんど？」

　幼児めいたオウム返しで首をかしげる。とぼけているのかなんなのか、ともあれ、ちらりと目に入った時計がこれ以上歓談の猶予《ゆうよ》はないと示している。

「執筆依頼《オファー》出すなら、ちょっとくらい調べるべきだ。最新作も読んでたよな？　明日木青葉は、御都合主義的ハッピーエンドの専門作家さ。受けが悪くったって、非現実的《リアリティがない》と叩かれたってね」

　彼女が僕に書かせて読みたい〝最高〟と、僕がこの世に出したい〝最高〟は、面白いぐらいに重ならない。

　解釈違い、というやつだ。

「適材適所ってのがあるだろ。無理矢理書かせたところで、感情も執念も乗った、呪いみたいに深い作品はできあがらない。そういうのが読みたいなら、そういうのが大好物な別の作家に依頼してくれ——たとえば、早瀬桜之助とか」

席を立ち、食器を流しに片す。【大作家行《ゆき》片道切符】のお誘いをしてくれる、ビジュアルもツボすぎる美女……これに素直に乗れないなんて、どんな偏屈でヘタレなんだって自分でも思うけど、仕方ない。

作家というやつは、人間である前に創作者という生き物だ。

命も、願いも、基準も。既に、普通に生きるのには不便なレイヤーに乗っかっている。

「そうだね。サクノは本当にうまかった。一番、わたしと波長があってたと思う」

そら、こう来た。

なればこそ僕は、ちっぽけな意地を捨てられない。捨ててたまるか。

「あんたが何者かは結局わかんないけど、夕方くらいには帰るから、それまでならいていいよ。言っとくけど、帰ってまだいても構ってる暇ないんで。こっちにはこっちで、書かなきゃいけない原稿があるからね。んじゃ、行ってきます」

家を出る際、ガラス引き戸には鍵もかけない。不審者はどうせ中にいるのだ、防犯は端《はな》から終わってるし、一応、玄関には防犯カメラも設置してある。

……はぁ。こう打算的なものだから、僕は結局、養殖で半端な変人なのだろう。

新井進太朗、十七歳、高校二年生——筆名は明日木青葉。

とことん本物になりきれない、駆け出し作家。

〈2〉

ところで、彼女の誘惑の中で実のところ一番〝そうできたら確かにどんなにいいだろう〟と刺さったのは、学校のことだった。

願わくば一日中、文机《ふづくえ》で創作に煩悶《はんもん》していたい。傑作の誕生に邁進《まいしん》することこそ作家の本懐《ほんかい》だ。……これは、別に、入学当時にやらかした変人挑戦ムーブ、通称【夜明けのケンタウロス】事件でクラスどころか全校生徒と疎遠《そえん》になり、二年になった今でも口伝《くでん》で伝えられた顚末《てんまつ》が、風化するどころか尾鰭《おひれ》が付いて後輩に拡散されたおかげで友情のドーナツ化現象が起こったことには起因しない。しないから。しないから！

そも僕は、さる相手に『大学卒業までを経験して社会性を磨《みが》くべし』と契約書に判まで押させられている。変人は目指したいが、かといって迂闊《うかつ》で不審なサボりは死に繫がる二律背反の状態なのだ。

『成人もしていない尻青の分際で、専業気取りなことを仰《おっしゃ》いますね、明日木先生。失礼ながら百年早い望みかと。……おや、怒りましたか？　悔しいですか？　それは結構、適度な発奮・意地・熱気、どれも傑作の助けになります。では、現状を覆したいのなら、十万部は売り上げてから出直してくださいますように』

ぐうの音も出ない指摘を受け、枕に滂沱《ぼうだ》の涙を受け止めてもらった思い出を忘れまい。

そんなわけで、学校にはちゃんと行き、授業の時間はノートを取りつつも思考の半分ほどは新作のネタ出しに割《さ》いている、のだが……。

（……ああ、もう……）

ただでさえ専念しきれていない思考に、今日は別の雑念がある。

（……惜《お》しい……惜しかった、かなあ、ひょっとして……）

後からいちいち悩むのは、悲しいかな毎度のこと。原稿も修正がきかない段階になってから『もっとうまい書き方があったんじゃないか』と鬱《うつ》るのがザラだが、本日の迷いはあの女についてだ。

片意地をはって格好ばかりつけたせいで、青い鳥を逃し続けたのが新井進太朗の人生だった。アイディアが出ない苦しみに苛《さいな》まれ続けていると、どうしても今朝の決断が後悔に変わろうとする。

あれは間違いじゃなかったか？　目の前の傑作を書かないことは正しかったか？

一度もろくに売れたことがないくせに【好きな創作を貫くのが素晴らしい】なんてこだわりに執着するのは、ひょっとして、滑稽《こっけい》すぎるんじゃなかろうか……？

それに、何よりだ。

（揉めた……もしかしたら、いや、二つ返事で絶対揉めた、あの乳をっ……！）

悶々《もんもん》とする。紙に押し付けたシャーペンの芯が折れて飛んで頬《ほお》に刺さる。

その痛みで、ふいに思い出した。

（……あ）

それは、人付き合いの少ない専業作家で、家に閉じこもっていた父の毎日に……染みのように浮き上がった、女の話だ。母との離婚のきっかけになった、疑惑についてだ。

『――あまり、あなたに聞かせるべき話ではないことを承知で言います。早瀬先生には、奥様とは別に懇意《こんい》な女性がいて、仕事場に囲っているのではないか、と疑われていました。週刊誌にすっぱ抜かれかけたのを、すんでのところで先生ご自身が止めたという話は、今でも真相は知れず……何より私自身、原稿を頂きに伺《うかが》った際、いるはずのない相手の気配を感じたこともありました』

意外に思われるかもしれないが、早逝の大人気作家早瀬桜之助は、何も最初から老若《ろうにゃく》男女《なんにょ》を虜《とりこ》にしていたわけではない。

二十八で翠生社《すいせいしゃ》からデビューして出版されたデビュー作から三作目までは、売り上げのチャートを賑《にぎ》わすことも感想が電子の海を染めあげることもなかった。

それが覆ったのは、四作目……【クロノスタシスの水平線】からだ。

作風が変わったというより、元々持っていた作風が、まるで壁を超えたように加速したこの物語は、作家・早瀬桜之助の転換点《ターニングポイント》と評される。

【水平以前・以後】、そんな分類を生む中間点となったこの作品を境目に、早瀬桜之助は本流を創り出す大人気作家の階段を瞬く間に駆け上っていった。

――そして、本題だが。僕にそれを教えてくれた人は、こんなふうに言っていた。

『早瀬先生が【水平線】を書き上げた時期は……仕事場を移し、不可解な女性の影がちらつき始めたのと、一致しています。けれど、私は結局、あの足音や、樹々のざわめきのような笑い声の主を知らない。こんな話が流れたら、また全シリーズ重版でしょうね。得体のしれない存在と暮らし、霊感を授かっていた神秘の作家、早瀬桜之助——そんな広告宣伝、生前の担当編集として絶対に御免ですが』

果たして。

僕はその【霊感を授ける、得体のしれない存在】に出逢ったらしい。

ロケーションが古民家なのも相まって、頭に浮かぶのは【座敷童《ざしきわらし》】の文字だ。住む相手の才能を目覚めさせた＝幸福を与えた、と理論を繋げればそれっぽい。

だけどあれ、〝わらし〟か？　どう見ても大人だ。純和風どころかテイストは洋風、

出自、作風、怪異の立脚点が座敷童とは違う。第一、あの乳でわらしは無理でしょ。

『——どうか、それを見せて。きみには、わたしがいないとだめだって——』

声を思い出す。顔を思い浮かべる。あそこにあった感情を、刹那《せつな》の観察から推察する。

……ああ。やっぱり、子供じゃない。そんな、無邪気なものじゃない。

あの瞬間、あいつが僕に求めていたのは、大人のそれ。

日差しに晒《さら》され続けた砂のような渇き、相手に受けいれられたいと強い強い理性の上で欲する、グロテスクなまでに切羽詰まった、極彩色《ごくさいしき》の感情だったのだから。

（……っ）

鮮烈な渇望に時間差で当てられて身震《みぶる》いをした時、四時限目終了のチャイムが鳴った。

結局午前中、ろくにネタ出しができなかった。

こうなれば昼休みの一秒は砂金に等しい。購買でパンでも買って、校内のぼっちポイントにこもり作業に移ろう……。

——そんな考えは、大甘だった。

「しーんたーろくーん！」

昼休みの賑わいを貫いた声は、語尾にきっと音符とか、ハートマークがついていた。

否応《いやおう》無く視線が集まる。前側の扉に、三年のエンブレムが入った制服を着た……妖精か妄想かと思うほどに器量のいい、透《す》き通《とお》るように白い肌の、腕も足もモデルかと思うくらいに細く長く、そしてハチャメチャドキドキムチムチに夏服の胸部を内側から膨らませた、乳のでかい女子がいた。

「おべんと、いっしょに、たーべよっ！」

視線が今度は、こちらに集まる。全員の目が言っている。『あれ誰、どゆこと？』と。

はい。それ、何を隠そう今一番僕が誰より言いたいやつです。


【〆】

こういうときの対処法は決まっている。とにかく状況がまだ膠着《こうちゃく》しないうちに動かなければ詰んでしまう。

何気なく立ち上がり、そばまで向かえばそりゃあもう油断する。様子を見守るクラスの一同、でけえ弁当箱を首級《くび》をあげた侍《さむらい》みたく掲げた謎の三年女子も、獲物はおとなしく連行されると予想したろう。

しかし考えてみてほしい。

作家の本分は、予想を裏切ることである。

「だぁ――――っ！」

「きゃっ⁉」

身を低く、初速は速く、脇をすり抜ける。スポーツ漫画の駆け引きもかくやの突破、男子たちは弾んだ乳に「おおッ！」と見とれたのち、僕の奇行に気づき「ああッ！」と叫ぶ。

「に……逃げたッ！　走ってるッ！　エリマキトカゲみてーにッ！」

おいばかやめろ、ただでさえ陰で不名誉なあだ名がついてるのは知ってるのに、更なる悪名の提案をするんじゃあない、出席番号十八番村江《むらえ》！

できるなら戻って抗議したいが、今は謎の三年生からの逃亡を最優先とする。僕のことは僕が一番よくわかっている。急なモテ期とか来るものか。となればあんなの、何かの罰ゲームか、悪辣《あくらつ》なドッキリか……いやでも、なんかあの雰囲気、引っ掛かるものがあるんだよな……っと、そうこう考えているうちに、着いた。

「すいません急に体調が悪くなりまして昼休みの間休んでもいいでしょうか！」

駆け込んだのは一階の保健室。ぼっちポイントに身を隠すことも考えたが、もしもの時に助けも呼べない孤立のほうが怖い。養護教諭は一瞬怪しむ目をしたが、現状ベッドはすべて空《あ》いていて、また【生徒は常に大人の思いもよらぬ問題に悩まされている、多くは聞かないのも寄り添うこと】という哲学のもと、窓際のベッドに案内してくれた。

おお、期せずして静かな時間のゲットに成功だ。この手は使いすぎると保護者にまで連絡がいく（去年それで二作目の出版が危うくなるほど絞られた）諸刃《もろは》の剣《つるぎ》なため乱発はできないが、もったいない未使用の死《かかえおち》こそ避けるべし。

カーテンで仕切られ、こっそりベッドの中でスマホを取り出す。クラウドストレージにアクセスすれば、どこからでも原稿に向き合える。「今は外だし遊びに打ち込んでもしょうがないなー！　出先でさえなければな〜！　か〜っ！」との言い訳が使えないのは、実に良し悪しだけれども。

「……はい、もしもし？　どうしたの、おじいちゃん？　あ、ちょっと待ってね……」

養護教諭が、私用の電話に応じながら外に出た。彼女は唯一の肉親である祖父と二人暮らしである、というのを去年、雑談の中でぽろりと聞いた。……大事でなければいいな、と思いながら、僕は液晶の中に映る自分の大事と向かい合う……と。

ふいに手元に影が射して、曇《くも》ってきたのかな、と何気なく顔をあげた。

影の元は乳だった。

保健室の窓越しに、あの女性徒が立ち、こちらを覗《のぞ》きこんでいた。

「　っ　」

衝撃も過ぎると叫べない。喉が詰まり、息が止まる。

「うふ」

窓の鍵は、こういうシチュエーションに限って開いていた。ビバ、ホラーの法則。くたばれ。伸ばした手が留め具に届くより先に、無情にも外《こちら》と内《あちら》は繋がった。

「もう、驚いちゃったなあ。逃げるなんてひどいよ、しんたろくん」

大胆に足をあげ、サッシを越えて女性徒が入ってくる。わざわざ靴を脱ぐのは律儀さか。違う、それだけじゃない。大胆に短いスカートの、その中が見えるか見えないかのギリギリを見せつける猛烈なアピールのテクも兼《か》ねそなえている。な、何者だ……⁉

どうして僕のフェチズムを、手に取るように理解して……！

……あれ？　…………え？　この、心得すぎてる誘惑の感じ……。

「でも、許したげるもん。だって案内してくれたんでしょ？　ここでなら、静かだし、だぁれの邪魔も入らないし、おもいっきりヤレちゃうねえ……とっておきの、創れちゃうねえ……。うふふ、ごはんを食べるのも、待ちきれなかったんだあ……」

清廉潔白《せいれんけっぱく》であるべき保健室のベッドで、隠しきれない豊満な肉体をした夏服女性徒が馬乗りになってくる。両の膝頭《ひざがしら》と手が僕の被っていたシーツを押さえ、ピン留めされる標本じみて逃げられない。

熱を帯びた吐息がかかる。なまめかしい唇《くちびる》を舌がなぞる。

そして、彼女は言った。

「いっしょに書いちゃお、原稿。もう一回、インスピ注入してあげ……べぶっ⁉」

身体はシーツごと押さえられているが、両腕はスマホをいじるために出していた。

『むちゅう』と寄ってくる唇を、頭と頬を摑んで押さえ込む。

「ひょっほひょっほあにすんらようほーいうおふひへひょへっはい！」

「ふ、ふふふ、不審者女……！　いやだって、その……えぇ……⁉」

言動は完全一致しているが、外見がまるで違う。発育はともかく、書斎で遭遇した・今朝食卓を共にしたのが社会にこなれてきたくらいの成熟だとしたら、今のこいつはそれより顔立ちが幼く背も一回り小さい学生だ。重ねて言うが、発育は除く。

「ふふ、驚くことなどまったくないわ。これくらい、わたしにとっては楽勝ちゃんよ」

そんな言葉の直後、証拠が示される。

何と表現しよう。なめらか極まるクレイアニメ？　魔法少女の変身バンク？　突然もやがかかったと思ったら、ものの数秒で僕が知る通りの不審者女が出現した。呆気《あっけ》に取られている間に再び姿を変え、乳でか上級生が再度馬乗りになってくる。

「わたしはね、きみに愛してもらうためなら、どんなわたしにだってなれる。はっきり言って、こーんなお得な契約、乗らない手はないんじゃあないかしらー？　はー！　わたしだったら、ぜったいぜったい結ばれちゃうな〜！」

胸を張るアピールはあざとく露骨だ。やれやれ……そんなのが僕に効くとでも？

「んぐっ……くっ、が、あぁぁぁぁぁっ……！」

効くに決まってるんだよなあ……。

端《はた》から見るのと主観とでは、状況の重みが違う。意識《スキル》してか天然《ナチュラル》か、馬乗りになられている姿勢から、正面、下方、わずかに上体を起こしているという視界は、そう、臨場感がやばすぎる。

隠れてるんだよね、彼女の顔半分ほど、お山で。

その対比が、サイズの魅力を絶対最強完璧無敵《スススストロンゲスト》に強調している。軽率に具現化するんじゃないよ、人類の夢をさ。出すところで出したらこれ世界平和だからな。

僕がこういう「押しの強い先輩に学校で迫られるシチュ」がトンカツの端っこのサクサクな衣がよくついてる部分くらい好きなのって、どっかの攻略サイトとかでバラされてましたっけ？

「ねねねね、原稿書くって約束してくれたら、なんでもかんでも今すぐここで、好きにしたっていいんだよ……？」

「……あんたのための。あんたが読みたい原稿を、か？」

最後の抵抗ができたのは、その要求が、僕を成しているちっぽけなこだわりの根幹《こんかん》に関わるものであったから。

抗いがたい暴力的な魅惑、一秒ごとに理性を溶かすいとしさの塊《かたまり》がうんと頷《うなず》く。

「その言いかただと足りないわ。皆も欲しい、だからきみも幸せになれる芸術を、なの」

最初からそうだったように、彼女の瞳には、どこまでいっても悪意がない。

あるのはひたすらに、愛だ。奪うのではなく与えたい、幸福にして幸福になりたいという、砂嵐みたいな思いやり。

彼女は何の裏表もなく。

ただ僕に、幸あれと願っている。

「――皆が欲しい、創った本人も幸せになれる芸術、か」

浴びた献身の分だけ、腹の底で冷えていくものがあった。

悶々とくすぶっていた疑惑を、僕はどうにも抑えられない。

「たとえば、それは――早瀬桜之助、みたいに？」

「ええ！」

声に、はしゃいだものが混じる。女の表情が、楽しい遊びにうきうきと誘うようなものから、味わってきた快感を思い返す、うっとりとしたものにスライドする。

「本当に本当によかったわ、サクノは！　わたし、ぜんぶ好き！　はじめていっしょに創った【クロノスタシスの水平線】から、その後の作品も、その前の作品も！」

頭の中で、繋がるべきでない線が、繋がっていく。

早瀬桜之助の、ヒットを飛ばし始めた時期。

母と離婚する、遠因になった女の影。

「彼がいなくなってから、退屈だった！　色々な人が訪《おとず》れたけれど、ぴんとするものは誰からも感じないし！　わたしは彼といっしょに言葉を紡いだ書斎でどんどん薄くなっていって、もしかしてこれで終わりかな、と思ってた！　でもね、そんなときに、あの場所にきみが来たの！　彼と同じ席に座ったの！」

彼女の目の焦点が、僕という新しい獲物を捉《とら》える。

「欲しがってたよね、苦しんでたよね、あのまんまじゃダメだったよね！　とってもステキな血反吐《ちへど》だから、話さなくちゃって思ったんだ！　わたしがきみを見つけたのは、きみがわたしの目を開けたから！　その責任、とってもらわないと嘘だよね！」

彼女が身体を倒してくる。顔が近く近く寄り、世界が彼女に埋められる。僕たちは今、互いに相手しか見えていない。

「きみ、このままじゃつらいでしょう？」

まったく正しいことを言う。出口の見えない原稿を書いている時、作家は行き止まりに押し込まれたように重苦しい。

「無理をしないで。強がらないで。弱くたっていいの、そこから、すばらしいものが生まれるのなら。——さあ。わたしといっしょに、きみを苦しめてきた、きみを認めようとしなかった、すべてのものを見返そうよ」

流星のような誘い文句。誰しもが欲してやまないだろう、満点の全肯定。

僕は、それに――答えを返す、寸前で。

「失礼。新井、いるかー？」

保健室の扉が開き、名を呼ぶ声で思考が走った。脳裏にお経のごとき文章が流れ出る。

【不純異性交遊現行犯目撃保護者召喚激烈折檻社会的地位完璧無惨新刊発売永遠未完】。

「利用者の表はここで……今は、一人か。じゃあ、そこかな」

仕切られた空間に近づいてくる足音。遠ざかる新刊。僕は青ざめ小声で訴える。

「わかったわかったわかりましたごめんだけどこのままじゃ本とか出せなくなるんですよ一旦帰って待ってて頼みますから！」

「おー！　ほんと？　ほんとにほんと？　あー、でも、なんか怪しいなー。そう言って、帰ってこないとかじゃない？　家じゃなくて別の宿でカンヅメとかってやる気とか？うーん、やっぱり、つきっきりに張りついておかないと……」

「しますしますしますだから行って、あーそうだ！　今朝のごはんも美味《おい》しかったし夕飯も作っててくれると助かるなー！」

「え！　わ！　今わたし、お願いされたよね！　求められちゃった⁉　くふふふひゅふふ、そーかーそーかー、あれ良かったかー！　うん、まっかせて！　きみがばっちり原稿に集中できるよう、準備しておくからねー！」

「入るぞー」

カーテンが開かれる――のと、女がふっと消え、窓の外に一瞬で移動したのは同じタイミングだった。

「……ん？　どうしました、その顔？」

「いえまったく何事もございませんし」

「はあ。それならいいんだけどよ。午後出られんくらいキツいなら言えよ、おれも次は六限まで間があるし、車で送ってやれるから」

窮地《きゅうち》を救ってくれた恩人は、社会科日本史の軽部《かるべ》仁礼《にれ》先生だった。

物腰は柔らかながらもぶっきらぼうな口調がアクセントな黒縁眼鏡の三十七歳は、親身になって教えてくれる優しさって生徒からの人気は高い。担任になってほしい、と願われてやまない非常勤講師で、【本職】についてはもっぱら話題の種だ。現在は、尋常じゃなく引き締まっている細マッチョボディから【海外の外人傭兵部隊所属説】と【シンプルに殺し屋（仕事の時はもうひとつの人格が目覚め性格が変わる、本人だけがそれを知らない）説】が有力である。

……そのどちらも違うと、僕は知っている。

「大丈夫です、も、ほんと、ちょっと静かなところで休みたかっただけなんで。それより軽部先生こそ、どうかしました？　何かご用ですか？」

「いやいや、用があるのはそっちだろ。教室行ったら居なかったんで焦《あせ》ったわ」

……あ、と気づく。

そうだ。不審者襲来ですっかり忘れていた。相談したいので、月曜の昼休みにお時間をいただけませんか、と頼んでいたのは他でもない、僕のほうだった……！

「す、すみません！　うっかりしてました！」

「あー、大丈夫。新井は後輩で、おれは先輩だからな。わからないことがあったら、手助けすんのが務めだ」

軽部先生はパイプ椅子を出してベッドの脇に座る。

「養護の田村《たむら》先生、さっきそこで会ったけど、少し電話が長くなるってんで昼休みの間だけおれが代わりにここにいることになったよ。大事があったら呼ぶけど、それまでは周りの心配なく踏み込んだ話ができるな。ところで」

ワイシャツの胸ポケットから年季の入った手帳と万年筆を取り出して構えた軽部先生が、この上なく真剣な顔で身を乗り出してくる。

「新井のクラスに行った時、ギャルゲみたいな三年女子が襲来したとか聞いたんだけど。なんだよその滾《たぎ》るネタ。新作の参考にしたいんで詳しく教えてもらえる？」

「……そこんところは、ノーコメントで」

社会科非常勤講師、軽部仁礼先生（三十七歳）。

本業、小説家。ペンネーム、みずあめぽっと。

メインジャンルはゴリゴリのエロコメラノベ、代表作は【俺がこなしたあらゆるヒロインに動じないための百八の荒行】。

〈3〉


明日木青葉がみずあめぽっと先生と面識を持ったのは、出版社に打ち合わせに行った時、エレベーター待ちの際に出くわしたのがきっかけだった。

……その時はまだ、非常勤講師と生徒の関係でもない。僕たちはそれよりも前、別の場所・別の形で既に面識があったのだが、ここで初めて、この人が自分も大ファンのラノベ作家だったと知り、予想外すぎる真実に大層驚いた。向こうも向こうで、僕が現役学生作家の明日木青葉なことに『血は争えないってやつかね。いや、おれが言ったら説得力ないか』と苦笑していた。

これだけでも十分奇縁なのに、その上更にみずあめぽっと先生が非常勤講師軽辺先生としてうちの高校に訪れるなんて予想をしているわけもなく、僕らは最初に教室で顔を合わせた瞬間、正体は秘匿《ひとく》しあう協定を暗黙《アイコンタクト》で結んだ。

複数の異《こと》なる間柄で繋がった、珍妙な仲。僕らは互いに自著も本名も知っている間柄な先輩作家兼先生と、後輩作家兼生徒……あともう一つの恩がある複雑な関係を保ってきた。みずあめぽっと先生は『どちらかの性別が違えばギャルゲだ』と使いでのあるネタを得たことを満足そうにし、それから、作家として全然未熟な創作の悩みにも乗ってくれるようになった。

どうしてそこまでしてくれるのか、大ベテランの時間を頂いてしまい迷惑じゃないのか、という質問に、彼はぶっきらぼうにこう答えた。

『知らん仲でもないってのもあるが、縁故《えんこ》だけじゃねえよ。強《し》いていうなら業界のためだ。ライトノベルと一般文芸って違いはあっても同じ小説、文字読みが増えるのは嬉しいんでね。それでも申し訳ねえ貰いすぎって思うんなら、返したっていい。おれじゃなく、いつか誰か、書きかたがわからんで困ってる、おまえの後輩に教えてやれ』

僕みたいな作家が、創作の指導をする側になる日が来るなんて想像もつかないし、それまでににっちもさっちもいかなくなって引退のほうが余程ありそうに思えたけれど。

僕はただ、嬉しくて、軽く涙ぐんでしまいながら「はい」と頷いたのだった。

そして、現在。

スマホで示したメモ帳をざっと読み終えたみずあめぽっと先生は、ずばりと言う。

「主題がとっちらかってんな」

「ゴフッ」

一言目から腹に来た。身体がくの字に折れ曲がる。

「意図してなら別だが、この詰め込みはテーマを見るにまだ雑だろ。本当に必要だからやってるってより、これまでもこういうふうに組み立ててきたからみたいな手癖《てくせ》の気配がある。これじゃ後半、ぞんざいに持《も》て余《あま》されて救われねえキャラが出るぞ」

光る眼鏡はお見通し、みずあめぽっと先生は名前と裏腹に、こちらの甘えを許さない。いつか言われた『甘いのは作風だけで結構。作家のスタイルとして、おれは糖分ひかえめだ』という金言が思い返される。

「作品は、無駄な脂肪なく、磨き抜かれてこそ美しい。それが不可欠か否《いな》か、己のリビドーに問いかけろ。結果、どうやっても抑えきれない怒張なら、迷うな。つまらん助言なんぞねじ伏せて、知ったことかと盛ってやれ。——そうそう、今作のヒロイン、いいじゃねえの。面倒臭くて魅力的だ。この子がしあわせになるところ、見せてくれよな」

「みみみ、みずあめぽっと先生ぇ……ありがとうございます……！」

甘さはひかえめ、けれど決して苦くない。指摘とセットの激励《げきれい》に、くじけかけた心がもう一度立ち上がる気力を得るのを確かに感じる。

「本当、助かりました……。企画は通ってプロットもOK出て執筆に入れたんですけど、その……勢いでどうにかなるだろって流したところで、案の定詰まっちゃってて……」

各編集部で違いはあるのだろうけど、僕の場合は大体が言った通りだ。最初に「こんな作品を書きたい」というアイディアの卵を何本か同時に提出し、その中から〝見込みあり〟と目されたものを、詳細を詰めた設計図《プロット》へと孵《かえ》す。

それが煮詰まるまで担当編集さんと打ち合わせを行い、整った段階で編集会議に回してもらい、それが通れば本原稿の執筆に取りかかれる。

……取りかかるところまでは、進めたのだが。

「プロットって、どうやっても、本分じゃないですよね」

「わかりすぎるな」

アニメ化まで果たした売れっ子の先生でも同意してくれる。

小説に限らず創作全般、おはなしの筋書きがあるものに『最初に決めた通り』の寸分《すんぶん》違《たが》わずエンドマークまで書き進められる人が果たしてどれほどいるだろう。

予定は予定。物語は水物で、よくある言い方だが、キャラクターは勝手に動く。

作者が決めていた筋などお構いなしに行動をはじめて、創造主にすら『修正すんの、マジで……？　かなり直さなきゃいけないんだけど……』の苦労を強いる親不孝どもだ。

半分くらいは仕方ない。どれだけ苦労しようと締め切りがヤバかろうと、【もっと面白いもの】を生み出す快感に抗えないのが、作家の性分なので。

「まあ、開始十ページそこらで破綻すんのは、練りが甘いとしか言えねえけど」

「そこは仰る通りですごめんなさい！」

このあたりは、まだ言い訳がきく範囲だ。僕の担当編集さんはおっかないが同じくらいに頼もしくて、プロットから大きく逸《そ》れた原稿があがったとしても『出すに値《あたい》する、より面白くなっている』と判断してもらえれば、きっちり編集長まで説得してくれる。

……まさにそれをやらかした二作目の際は、ありがたすぎて土下座した。

「幸いまだ序盤だ。軌道修正は早いほうが直しは少ない。悩んで筆が止まったままだった半月への反省と、ここから先タイトになるスケジュールは、自分で供養すんだな。兼業作家は全部の時間を集中できんからこそ、筆の早さは重要だぞ」

　みずあめぽっと先生の助言は逐一《ちくいち》重い。さすがは非常勤講師をやりつつライトノベル執筆、年に六冊は違う出版社で出すという激烈スケジュールを続け、美しい筋肉まで維持している筋金入りのベテラン、来るも去るも激しい業界の生存者《サバイバー》だ。

「こりゃ私見だが、新しいキャラを出すというのも手かと思う。男性③と女性②の役割を統合すれば、キャラの密度を高めると同時に、ちょうど欲しかった主人公のそばにいる気安い同僚のポジションが埋まるんじゃねえの」

　……なるほど、さすがの着眼点。1フレームのパンチラさえ見逃さないラブコメの主人公めいた眼力には敬服しかない。

「──ひとりだった主人公のそばに、ある日突然やってくる、魅力的だが最低に厄介な、ヒロインではないトラブルメーカー……」

　そのキャラ造形に、ふと。憶《おぼ》えのある悩みの種が脳裏にちらつき、尋ねてみた。

「そういえばですね、みずあめぽっと先生。今、こういうのを思いついてて……」

〝新作に出すキャラ設定《フィクション》〟に見せかけて並べるのは、例の不審者女の特徴だ。状況が特殊すぎて……また、余計なスキャンダルにもつながりかねない事態であるため、詳細はぼかす。念をいれたが、こんなのを現実《マジバナ》だと思う相手はそうそう……いや、訂正。相手はあの煩悩《ぼんのう》具現化百八つのみずあめぽっと先生だった。

「ほーう。①家に憑《つ》いている絶世の美女、②家主の好みになるように姿を自在に変える、

③悩める作家の才能を引き出す、④自分に振り向かせようと必死になる、か。……新井。おれの煩悩が喜んでいる。いい妄想だ、ラブコメ書きの資質がある」
「……ありがたきしあわせ」

こういう反応が来るだろうな、と予想していた通りのがズバリ来た。眼鏡の奥からみずあめぽっと先生が流す、良ラブコメに触れた時に流す感動の涙――通称【さらさらみずあめ】がセクシーな鎖骨《さこつ》に当たってはじける。

「どうですかね。僕としては、ちょい変則的な座敷童って感じかなーっと」

「そうだな。その要素はある」

「ありがちで、やめておいたほうがいいですかね？　古臭くて新鮮味がないとか。もっとエッジの利いたやつに――」

「その考えかたは危険だな」

眼鏡が光る。みずあめぽっと先生の声は、至極《しごく》真面目だ。

「〝誰も見たことのない新しいもの〟。それは創作者にとって甘美な誘惑だ。誰だって先駆者でありたい、未だ発見されぬ価値《ブルーオーシャン》へと導く開拓者になりたい。しかし、多くの読者はな、面白さの想像がつかないものには食いつきづらいぞ。初見の海外旅行で、まったく味の想像もつかない料理を口に運ぶことへの尻込みとでも言おうか」

「……う、なるほど」

想像し、感覚でわかると同時に、伝えかたの巧《たく》みさも身に染みる。

「ヒマでヒマでしょうがないタイミングだとしても、読者の時間や行動力は有限だ。彼らには常に選ぶ権利があり、興味が持てないものは、たとえタダでも貰わない。奇抜で未知であるというのは売りになるが、リスクでもあると知っとけ。〝●●だから読んでみよう〟っていう大きな選択要因《ジャンルパワー》を、自ら手放すんだからな」

昨今、娯楽は易《やす》く、飽食だ。楽しむためのものならいくらでも溢《あふ》れる中で、きらめく星々から見つけ出し手に取ってもらうための努力なくして、選ばれることはない。

みんなが知っているもの、それは既に価値が定まり、ファンが存在してくれている場だ。欲しがってもらえる条件が整っている、豊かな土壌といえる。

「創作を稼業とするプロのみならず、己のリビドーを追求するアマチュアでも知っておいて損はない。〝できただけで満足〟はある種の究極だが、創ったからには見て欲しいのが創作者の抱える衝動だろう」

「……新しく掘る道は、狭くて足場も悪く。皆が使っている公道は広い上に、踏みしめられて歩きやすいってわけですね」

王道は、定番だからこその王道なのだということを改めて意識する。誰もが＝自分も知っているから感情を乗せやすい。歴史に裏打ちされた、個人ではなく総体が創った魅力は、当然、皆の手がかかっているからこそ大きいのだ。

「危ないところでした。箴言《しんげん》、ありがとうございます」

「おれも若いころは迷走した。新たなる煩悩を突くことにばかり執心した時期があった。

だが、作品を重ねて気づいたんだ。奇抜なシチュエーションは確かに派手に目を惹《ひ》くが……結局基礎トレーニングの果ての正拳突きのような、シンプルな一撃こそ重く。研ぎ澄ませた普通のパンチラなんかが、もっとも男心をガチガチにするんだとな……」

なんて重厚で黒光りした言葉だろう。糖度極めた甘々ヒロインたちとのラブラブ×計算ずくに知能指数を下げた絶妙なるサービスシーンを使いこなし、業界の最前線を魂の全裸で突っ走るエロコメの雄《ゆう》、みずあめぽっと先生の貴重なる哲学にまたタッチさせていただいてしまった……。

「すまんな、法話みたいなことを言った。こんなのが知れたら大目玉だ、忘れてくれ。しかし……作家の才能を目覚めさせてくれる、尽くすタイプでかまわれたがりのヒロインか」

うんうんとみずあめぽっと先生が頷く。自分でもわかってるんだけれど、この、二連続打ち切りで次の三作目もコケたら色々ヤバいと予告されている僕みたいな状況の作家が口にすると、さも願望丸出しで痛々しさがあるなあ！

「いい着眼点だ。面白いものを持ってきた。ネットワークが大いに発達した現代では発表の場も増加していて、創作を楽しむ人もうまくいかずに悩む人も多い。〝自分にもこんな子がそばにいてほしい！〟と読者に思ってもらえれば、いい売りになるよ」

期せずして誉め言葉を受けた。普通なら照れるところなんだけど、このキャラは考えたというより不審者女の特徴を伝えただけなので、複雑な気分だが――。

「新井は座敷童と言ったが、おれはリャナンシーをイメージしたな」

「リャナンシー……？　もしかして、外国の座敷童的な？」

「いや。一般的な座敷童……家に住み、運気を左右する存在とは違う。ただ、似てるところがある。人に関わり、よきものをもたらすことや……座敷童が去る時、その家は没落すると言われるように、ありがたいだけの存在ではないというところが」

　ぽつ、ぽつ、ぽつと。僕の頭の中には、プロット未満のネタ帳のように、個別に打たれた情報の〝点〟がある。

　それが、繋がる。

「リャナンシーはな、人の男性へ恋し、求愛する妖精だ。その愛を受け入れた芸術家は才能を得て、優れた作品を作り出すが……代償に、生気を吸われ、早死にする」

　あの家に住みだしてから傑作を生み出し始めた早瀬桜之助。ちらつく女の影。

　朝の散歩に出た折りに倒れ、三十九歳の若さで亡くなった人気作家。

「もし目の前にリャナンシーが現れて、今までの自分では、この先も独りでは絶対に思いつけない傑作を、命と引き換えに書けるチャンスが巡《めぐ》ってきた時。はね退《の》けられる自信、絶対とは言えんね。何しろこちとらは、煩悩の乗り物だもんで」

　みずあめぽっと先生は、ありえない想像として、思考実験として笑う。

　僕は、現実を誤魔化すために、笑った。

〈4〉

作家業で予定がつまっている僕は部活に所属していないけど、今日の帰りは遅くなった。けれどそれは、かえって、夕飯にうってつけの時間だった。

「おっかえりなっさーい！」

玄関で僕を出迎えたのは、女子高生モードから大人の形態に戻った、頭から爪先まで魅力的でたまらない女性だった。態度は爛漫《らんまん》、仕草は親愛、声の響きに至るまで、気を抜いたならとろけてしまう。

「あのねあのねわたしねちゃんと、言われた通りにやったから！　食べたいって言ってくれたから、ごはん、はりきって作ったわ！　えへへへへへへ！　……ん！」

伸ばされた両腕の求めるところは明確で、鞄を渡せば、彼女はクリスマスの朝、枕元に念願のプレゼントを見つけた子供みたいに喜ぶ。

「……なあ」

「なーに？　今晩の献立なら、見てのお楽しみ！　ワクワクしながら向かいなさい！」

「あんたって、随分尽くすタイプなんだね」

「そうよ！　わかってくれて嬉しいわ！　ふふ、自分になびいてくれない相手ほど夢中になっちゃうのよねー、何としてでも振り向かせてみせるぞこのやろー、よね！」

それだけ聞けば、普通の恋する乙女だ。単に元気で前向きで、ときめく人だと思っていたかもしれない。彼女が引き起こしてみせた奇妙と、その知識を持っていなければ。

「リャナンシー」

口にした言葉に、特段反応はなかった。自分のことを言われている、という意識も、どうやら彼女のほうにはなかった。そういうものかもしれない。だって、そんなものは所詮、人間側から勝手に決めた呼び方だ。

「え、何？　……っていうか、あれ？　わたし、言ったかしら？」

不思議そうに首をかしげる。僕は一応、それなりに覚悟は済ませてきた。

「それとも偶然？　その言葉、似ているわ。サクノがくれた、わたしの名前に」

「……そうだね。まだ、聞いていなかった。あんた、あの人にどう呼ばれてたんだ？」

「〝りやな〟。サクノはわたしのことを、そう呼んでたわ！」

「そっか。そりゃあまた」

安直《みもふたもない》、と言いかけて、言いかえる。

「あの人らしい。著作の主要キャラにつけてたみたいな、素直な名前だ」

「えへへへへ！　よくわかんないけど、ほめられた！」

廊下を歩く彼女の背中を見ながら、僕は今一度、父もこの背を見ていたのかな、とか。

放課後、図書館や近所の書店を巡り、彼女について調べた結果を、思い返す。

（……父さん……）

昨今のゲームなんかだと、妖精という存在はマスコットであったり、低レベルモンスターとしてかわいらしいものが多いけれど、古くから伝わる、神秘の匂いがする妖精というのは、もっと、なんというか……そう。

気まぐれで、理不尽。人の手にあまるものだった。

愉快な連中もいる。人家に住み着き、生活を手助けするブラウニーなんかはいい例だ。対して、〝いたずら〟なんて言葉の範疇《はんちゅう》では、到底収まらないこともしでかす。斧で人を襲う血まみれ帽子のレッドキャップ、子供をさらって入れ替える【取り換え子《チェンジリング》】、危険で洒落《しゃれ》にならない行為は枚挙に暇《いとま》がない。

そんな〝善し〟と〝悪し〟の妖精の中で、それはどのように分類されるだろう。

リャナンシー。アイルランドに伝わる、妖精の一種。

名の意味するところは、【妖精の恋人】。緑の丘に住まい、妖精ではなく人の男性からの愛を欲する、美しい女性の姿をしているという。

当然だが、美醜の概念は人や時代でも異なる。それなのに〝美しい女性〟と断言されるということは……これは僕の仮説だが、対象によって、姿を自在に変えるから、なのではないだろうか。歳《とし》も、姿も、相手となった者の、望むままに。

その【万人にとって万能の美女】は、誘惑する。付き従い奉仕して、自分へ振り向かせようとする。そして、愛を受け入れた時、男は妖精から才能を授かるらしい。

芸術家として大成させる一方……リャナンシーは、精気を吸い取り、死なせてしまう。

優れた作品、それに伴《ともな》う、死後の名声、人生の値付け。

絶世の美女に愛される日々と、本来到達できない領域の傑作の、二つの無形の宝。

それをもたらす存在は――ともすれば。

命というただひとつの、替えが利かないものを奪いさる〝悪〟ではなく。

安い命と釣り合いにならないものをもたらしてくれる、〝善〟なのではないだろうか。

……心は知れない。ましてや故人のものだとしたら、できることは推測で止まる。

ただ、明確な証拠については、誤魔化せない。

早瀬桜之助は、彼女に〝りやな〟の名を与えていた。

あの人は――正体不明の不思議な存在、としてではなく。

リャナンシーとわかったうえで、彼女を自分のそばに置いていたのだ。

「食事」

考えながら食卓に着いた僕は、問いかける。

今朝も、学校でもそうだったが、いつもそこにあるのは、一人分だ。

用意されているのは僕のだけ、それを作った本人、彼女の分がない。

「あんたは、取らないのか？」

「取るよ？　きみとは好みが違うけど。こういうのも別に、食べられないことはないんだけどね、きみが感じるみたいな喜びはないし、無理には食べないかな」

こんなところでも知識と合う。彼女にとっては丹精込めて作っただろう食卓の料理より、椅子に座っている生きのいい食材のほうが、お気に召すんだな。

「あはは。それ聞かれたの、サクノときみで二人目だ」

胸をちくりと刺す、透明な針の正体がわからない。僕は今、何に何を感じていて、この感覚を覚えているのか。箸を取る気にならず、彼女はお構いなしに続ける。

「じゃあ、サクノにも言ったこと、言おっか。わたしが取り込みたいのは、きみが創り出す、わたしの趣味にどんぴしゃの作品。何を書けばいいのか、人物一人、草木一本、匂いも心も伝えてあげる。わたしの中にある、皆も喜ぶ最高の幸せを。きみはそれを写すだけで幸せになれる。ね、わたしにきみを、幸せにさせて？」

「待て」

反射的に、聞き逃せない一言を引き留める。

「今――あんた、なんて、言った？　〝わたしの中にある、最高の幸せ〟……？」

「ええ。人を喜ばせるためのわたしの中にある、最高のエッセンス。チャールスにも、シドロスにも、アージャにも、ミケラにも、ヴォルザーにも、ヴェンにも、サクノにも、それを分けて――皆が喜ぶもののつくりかたを、ひらめかせてあげてきたのよ」

父さんの筆名より前に出てきたのは、リャナンシーとして彼女が関わって、大成させてきた相手の名前だろう。いや、今はそれはどうでもいい。重要な項目じゃない、添削《てんさく》。

じゃあ、何か。

「――――は」

四作目以降。

早瀬桜之助の作品は――本を正せば。こいつの作品、だってのか。

「あははははははははははははははっ！」

ああ、おかしい。うん、おかしくなった。

僕は今、血湧き肉躍っている。

「決めた。決まったよ。聞いてくれ、りやな」

「えっ！　なになになになに⁉」

絶世の美女が、輝く瞳を僕に向けて身を乗り出す。平素ならいくらでもときめいた。

大河の髪に、冬雲の肌に、紺碧《こんぺき》の瞳に、触れずとも柔らかさの伝わるような豊かな肢体が、僕を求め、愛され、好きにして欲しいとささやく幸福に。

愛《め》でずにはいられないすべてを備えた、この世のものでなき魔性。

だが、残念だ。僕はそれに負けない。負けられるものではない。

僕のほうこそが今、作家というひとでなしの、スイッチが入っている。

「あんたが〝早瀬桜之助〟でもあるなら、掌編《しょうへん》でいい。朝までに一作仕上げろ」

彼女の手を引き、作業に使う書斎に招く。僕は自分のノートパソコン一式を机からどかし、押し入れから父が使っていたノートパソコンを用意し、立ち上げる。愛用していたらしいワープロソフトを起動し、ついでに、原稿用紙と万年筆も揃《そろ》えて並べる。

「僕は、今取りかかってる作品の、一章分まで書き上げる」

「それで？」

「書けたら、勝負だ」

競うものに、かたちはない。文字・ページ数だのを秤《はかり》にかけるつもりはない。ならば。

「何を書いてもいい、僕の心を震わせろ。涙一滴、こぼさせてみせろ。そうしたら、何だって言うことを聞く。精気だろうが魂だろうが愛だろうが、読み賃に払ってやるよ」

そう宣言した一秒後、胃の腑《いふ》の底に酸性の後悔が湧いた。

女の表情が、変貌したのだ。蛙《かえる》が蛇に、蛇が蛙に、回ったような上下逆転……これまでこちらに、ひたすら媚《こ》びてせがみ倒す立場だった相手が、歯を剝《む》いて笑う。

「聞いたわよ」

十指がキーボードを躍る。タイトル署名冒頭一行、瞬くうちに出力される。

それはいかにも――早瀬桜之助の、書きそうなモノだった。

「明日の予定は空けておいてね。全部の書き込みを白紙に戻して、上から大きく、情熱的に真っ赤な文字で書き込むの。『りやなといっしょに、しあわせになる』」

「書かせてみせろよ、大作家」

そうして僕は、僕の武器を抱えて書斎を出る。

用意された食事には、残念だけれど手を付けられない。僕は、満腹だと……満たされていると、手が動かなくなるタイプだ。食欲をそそる夕食にラップをかけて冷蔵庫にしまい、ペットボトルからグラスにアイスコーヒーを注《そそ》いで、自分の相棒を起動する。

イヤホンをつけ、音楽をかけ、そうして――――沈む。

よし、じゃあ。

これから、何にでもなるとしよう。


〈5〉


線でなく色でなく立体でなく。

連なる文字の中にのみ、存在する世界。

思考を沈めてようやく浮かび上がる、形而上《けいじじょう》に紡《つむ》がれる、音、光、手触り、いのち。

まだどこにもないものを、どこでもない場所から取ってくる。

自分の頭に鞭《むち》を入れつつ、自分の頭を否定する。生まれた瞬間配られて、交換もきかない回路は今年をもって十七年もの、日々刺激を入力し未搭載の機能を取り込み思考錯誤の最適化を繰り返して繰り返して繰り返して尚《なお》、思いつまされるのは不出来さだ。

より優れた解釈があったに違いない。もっと見事な描写がないわけがない。たった数文字に費《つい》やす時間がお粗末《そまつ》すぎる、これを遺作にするつもりか？

生み出すほどに背負う罵声を、引きずったまま一行先《エンターキー》へ。

明日木青葉にとって、執筆とは、創作とは何か？　インタビューでも受けようものなら、返す答えは決まっている。

『生き恥の上塗り』

僕の連ねることば、全角スペース一つの例外も無く、恥さらしに他ならない。

(……ああ。だからこそ)

不出来な打ち切り作家、ままならない三流が、それだけを唯一誇る。

僕は、恥さらしであることを恥じない。自らの恥部、不出来さにのたうちまわり、書くことに悩むことはあっても、見せることへの恐れだけは乗り切った。

どれだけ苦しもうと、受けなかろうと、端で笑われようと、未熟だろうと。

僕はまだ、次に自分が書く傑作を、信じている。

(――本当にさ。冗談《ぼうとう》じゃないスタート地点だよ)

誰にでもある最初。それに踏み出した、きっかけ。

それは、明日木青葉の場合、自分が全然できないことを示すためだった。普通はこんなに書けないんだから、本一冊分もできちゃうのはすごいんだと……まったく、子供らしくもない、逆に相手を落ち込ませるような、何の解決にもなっていない励ましから。

(皮肉にもほどがあるだろ、なあ)

作品が売れていなかった時期の、早瀬桜之助。二冊目の本に受けた痛烈な批判に父が落ち込んでいるのを見て、画面の向こうの顔も知らない相手に文句をつけるつもりで、僕ははじめての文章を、作品ですらない書きなぐりを父に見せた。そして、早瀬桜之助は、次はもっと面白いものが書けるんだ、と怒鳴ったっけ。

(適当やっちゃってさあ。あいつもあいつで、適当言ってくれちゃってさあ)

何が、『進太朗には才能がある』だよ。

そんなもん、あれから探し続けてるのにどこにもない。軽率《けいそつ》なこと言いやがって。

(でもさ、僕が言えた義理でもないよな。適当言ったのは、お互い様なんだから)

親が馬鹿にされてむかついた子と、がんばった子供を喜ばせたかった父。

そこだけは似たもの同士だ。作家というのが本質的に、ありえない夢物語を並べ立てるウソツキの商売であるのなら、僕らはきっと素質があった。

(――でもな、早瀬桜之助。僕は――)

あんたには、ならない。あんたが作品で訴えたことと、僕が訴えたいことは違う。

どうしようもなく逃げられなくて、読む手を止められなくて、傑作だと理解できても。

(あんたも、あんたの作品も。僕は嫌いだ、父さん――――!)

僕は、飢えで筆《ぶき》を執《と》る。世界を創る。怒りで紡ぐ、願いを叫ぶ。

父が遺した、誰もが感動の涙を流す傑作たちから、自分の世界を、守るように――。


「――あれ」


そうして、瞬きをしたら朝だった。

無我夢中に沈んだ時間が幻ではないのを、縦書きの画面下部にある頁数《ノンブル》が保証する。

深呼吸して、差し込む陽に目を細める。思い出したように訴えてくる空腹と疲労感、一章の結びの一文を読み直しての高揚感が綯《な》い交《ま》ぜになって身体の芯から突きあがる。

「……うはは」

ずっとずっと、書けなかったものが、書けた。勢いまかせのきらいがあるが、荒さも隙も最後までできあがってから直せばいい。

浮かれを胸のあたりで遊ばせ数秒、ノートパソコンを脇に抱えて立ち上がる。ぶっ倒れたいのは山々だが、まだ何も終わっちゃいない。今日は平日の登校日だし、そして、シャワーに着替えに朝食としゃれこむ前に、僕はまず、誰かを愛することになるのか確かめに行く。

「掌編でいいと言ったけど。掌編どころか短編、それどころか長編書き上げられてたら、どういう顔すりゃいいんだか」

張り裂けそうな心臓を自覚しながら廊下を歩く。徹夜の脳が緊張感からの逃避か、ととりとめもないことを考える。考え次第では光栄だ。早すぎる死を悲しみ、もう次が存在しないのを惜しまれた大作家、早瀬桜之助のありえない新作を、初めて目にする読者になる。それが、別人の手が打ち出したものであろうと。

この感情を分類できない。

僕は今、挑む機会を永遠に失われたはずの相手に挑む。

「やあ、おはよう」

部屋の前で、襖《ふすま》越《ご》しに声をかける。向こうからの返事はなく、ただ、座布団が畳に擦れる音が聞こえた。

「時間は決めていなかったけれど、僕ができたならそこが終わりでいいだろう。むしろ悪いね、筆が遅くて待たせたよな。……入るよ」

おそろしかったからこそ、さも軽々というふうに笑って襖を開けた。ギロチンの刃を自ら落とす、死刑囚の気分だった。


「……………………………………………………ん、んん？」


そこには、想像だにしていなかった、広大な雪原があった。

入口から覗けるノートパソコンの液晶に映し出されているのは、タイトル署名冒頭一行——そこでぴったり、それ以上、前にも後ろにも進んでいない原稿だった。

「おかしいのよ」

机に突っ伏していたりやなの顔があがり、こちらを見る。

浮かぶ感情は無数のハテナ、涙と鼻水でぐしゃぐしゃに濡れた顔に色気は皆無で、世界の終わりを最前列で目撃しているみたいな絶望感がそれに拍車をかけている。

「あるのよあるの、ココにはあるの。頭の中には最高が！　なのにね、こっちに取って出そうとすると最低になるわけ！　ウソなのよ！　こんな、こんなの、こんなことってなくない⁉　ぜーんぜん、わたしがわたしの物語書けないんですけどぉぉぉっ⁉」

　びゃー、と足元に、プライドゼロで縋《すが》りついてくる、昨夜『明日の予定は空けておいてね』とキメ顔で言った美女。

「……なあ。あの自信、何だったわけ？」

「何だも何もないわよぉ！　わたし、出力は全部インスピあげた相手にやってもらってたけどさぁ、でも創るとこなんてずっと見てたし、みんなスラスラ創っちゃうしぃ、これ簡単にできるやつなんだーわたしにもできるわチョローって思うじゃなぁい⁉」

「なめんな」

　明かされたキメ顔の根拠が全創作者への冒瀆《ぼうとく》すぎて、率直《そっちょく》な四文字が出た。

　襖を開ける前に覚えていた高揚と緊張が、そのまま脱力と落胆に裏返る。……同時に、抱いていた期待がむなしくなる。

　早瀬桜之助の新作。そんなものはやはりもう、永遠にないのだ。

「――はい。じゃ、ま、こっちとしてもね、残念なんだけどもね、勝負はこれ、未提出の時間切れで終了ということで。以上。解散。おつかれさまでした」

「ひゃぶ⁉」

「率直に言おうか？　でてけ、不法侵入不審者妖精。ケーサツ呼ぶぞ、ケーサツ」

「ひゃぶぶぶぶぶ⁉　わ、わたし、ここのほかに行く先なんてないんですけどぉ！　というかー、きみのことー、諦めたわけでもないんだけど、ナー！　……あっ！」

　びしっと指差されるのは、僕が抱えているほうのノートパソコンだ。彼女はそれと、僕の間で、いやらしい目つきを往復させる。

「書いたの書いたのきみは書けたの⁉　だったら見てあげなくっちゃかわいそう！　わたしが書かせた作品と違って、自分で書くやつは修正が必要だもんねー！」

「……ほら」

　ＰＣを奪い取ろうと狙う姿勢が怖く、座り込んで開いて見せる。書くのはからっきしだったが、こいつはこいつで見る目があるのはわかっている。

『においがする。とてもかすかだけど、早瀬桜之助のかおり。……へえ。きみ、あれになりたかったのね』

　頭によぎる、心臓に刺された刃《やいば》。家から追い出すにしたって、この棘《とげ》が突き刺さったままでは据《す》わりが悪い。彼女はキーパッドに指を流し（この妖精、何気に電子機器の扱いに慣れている）、僕が一夜を費やした最新の第一章を読み終え——言う。

「えっ、つまんな」

「はあぁぁぁぁぁぁぁぁぁぁぁぁっ⁉」

眉を寄せ気の毒そうに言われた一言に思わず叫んだ。

こいつおい、オブラートゼロで何言った？　覚悟しろよ、事と次第によっては僕、お布団直行泣き寝入りコースだが？

「よくできてるよ？　合う人には合うんだろうけど、わたしが求めてるのはコレジャナイっていうか……あっ、でもねでもでもね！」

「なぁに⁉　今僕学校サボってふて寝したい気分なんだけどぉ⁉」

「これくらいで良いんなら、わたしにも書けそうって思った！　ありがとう！」

「どういたしまして！　……なわけあるかぁぁぁぁぁい！」

怒声をものともせず、クソ妖精は笑う。実に魅力的な笑顔だ。一秒前にほざいたのが最悪の言葉でなく、作家の矜持に真っ向挑んでくる相手じゃなかったら惚《ほ》れてたよ。

「……きみのやりかたなら、わたしにも、書けそう……？　……うふ。うふふふ！　それ、いいんじゃない⁉」

「なになに何ですか死体蹴りかぁ⁉　所詮明日木青葉なんぞ、まだまだ素人《しろうと》に毛が生えたみたいなもんだってぇ⁉」

「そう！　その、近いのがいいんだ！」

勢いよく頷き、名案とばかりにクソ妖精が指を回す。

「わたしができないのって、やりかたを知らないからでしょ⁉　だったら簡単、教えるの！　きみが、わたしに、物語の創りかた！」

「は……えぇ⁉」

「そうしたらちゃんと、取り出してあげる！　ココにある最高の物語、きみが泣けちゃうわたしの世界！　これを味わわずにポイなんて、もったいないんだから！　というわけで延長戦ね延長戦、はい決まりー！　みんなも言ってたわよ、『締め切りは伸ばしてもらうためにあるもんだ』って！」

知るか馬鹿、と喉元まできた言葉を声にできなかった、理由は二つ。

一つ。どうしても筆が進まず、目下、三ヶ月の締め切り延長を頂いている僕に、その言葉は無視できないほど耳に痛く。

そして、もう一つ。

「お願いお願いお願い！　わたしも、書きたくて書けなくて悩んでるうちに思っちゃったの！　ああ、この作品をちゃんと実際に読んでみたい、かたちにしなくちゃ！」

尊敬する先輩作家、大恩ある先生の言葉を、思い出す。

――いつか誰か、書きかたがわからんで困ってる、おまえの後輩に教えてやれ――

「～～～～～～～っ」

苦しい息が漏れる。さっきから気づいていたものに、目が向いてしまう。

道具を変えればどうにかなるかもとあがいたらしい、何かを書いたものの納得がいかなかったのだろう、くずかごに捨てられている書き損じの原稿用紙。

「自分で読みたい作品を、自分で書きたい……それ、言っちゃうか。聞かされちゃったなあ、聞かなきゃよかったこと」

そこにあるのは、自分でアピールもしなかった、確かな本気。

いいものを創りたい、という作家の魂が、くしゃくしゃに丸められて溢れている。

その鈍い輝きに、人間と妖精の違いなど何の関係もありはしない。

「……僕もさあ。人に教えられるほど上等じゃないし、全然余裕もないのにさあ――」

それでも、求められたのは、他の誰でもない、明日木青葉だ。

頭を掻《か》いて、期待と希望と気力にしか溢れていない目と視線を合わせる。

「――言っとくけど。僕の助言なんて、知れてるからな。基本をちょろっとくらいならアドバイスできるかもだけど、あんたが創りたいのは早瀬桜之助みたいな作品だろ？知っての通り、僕はあの作風とは解釈違いだ。ろくな力になれないかもだぞ」

「そんなのないない！　だってきみは、わたしが愛したいと思った相手なんだから！」

なんて珍妙な励ましか。僕は思わず笑ってしまい、計ったように腹が鳴る。

「じゃ、これから生徒になる相手への、最初のお願い。昨日作ってくれたごはん食べるんで、一緒に食卓囲んでよ。おにぎりくらい作るから、フリでもいいんでそっちも食べて。せっかく住むんなら、少しくらいは楽しくいこう。……えっと、りやな、さん」

「はーぁーい！　ふふふふふ、これからよろしくね！　絶対ぜったい書き上げて、わたしを愛してもらうんだからね、センセー！」

常日頃、僕は思っている。

多くの文豪がそうであるように、奇人変人になりたいと。『ああいう人だからこそあんな人とは目の付けどころの違う傑作が生みだされるのだ』と感心されるような、人格・逸話をまといたいと。

……それが、どうしようもなく凡人でしかないからこその願望で涙ぐましい努力であることを、いやというほど知ったうえで。

なのに、まさか。僕自身が珍妙になれる前に、取り巻く状況のほうが奇妙奇天烈におかしくなるとは。妖精《プロット》の生み出す傑作の、手伝いをするなんてことになるとは。

明日木青葉の人生設計には、まったく書いていなかったのだった。

承

センセーと妖精

〈1〉

作家とは、【誰でもなれる】ものという。

これは〝文字を書き連ねる〟行為が専門的な技能を持ち合わせずともやれることであるから、という見方もできるが、たとえば、こんな言い方もできないだろうか。

誰であれ、人は己をフィルターとした世界を持っている。それがありふれていようが構わない。【ものを】【かたる】ということには些末《さまつ》でしかない。

人はどこまでいこうと自分でしかなく、自分以外のものに決してなれず。

他者の心で翻訳《ほんやく》された世界は、だからこそエンターテインメント足り得る。

客観こそ娯楽。他者と絶対に重なれない孤独なる人類は、わかれないものをわかるために……もしくは、誰にもわかってもらえないことなどありはしないと錯覚《さっかく》するために、深く他者を感じられる物語を読む。の、かもしれない。

ならば、誰もが目を覆いたくなる悲嘆《ひたん》さえ、別の意味を持ってくる。

大作家が遺《のこ》した生涯の七冊、読むほど悲しくなる作品群は、徹頭徹尾突き放すように。

どうしようもない孤独に落ちた状況の、その辛さに寄り添うためにこそ——。


「おはよう、センセー！」

乳が喋《しゃべ》った。

天井を遮《さえぎ》り、臨場感たっぷりにたっぽたぽと垂れるありがたやの塊の向こうから声が聞こえたせいで、あまりの幸先の良さに泣きそうになった。御神体に手を合わせるふりをして、間違えて両手で挟んでしまう事故を装おうかと思ったが、一線を超えているのでどうにか耐える。えらい。

「ぱっちりお目覚めのお供、朝風呂沸かしてあげたわよー！　ゆっくりしてる間に、ごはんも作っといたげる！　目玉焼きの黄身は半熟、ソーセージはボイル派！　わたし、ちゃーんと憶《おぼ》えたんだから！」

布団で仰向きに寝ていた僕に対し、頭の横に両手を落として指でばすばすと枕を揺らすのは、ひょんなことからうちに間借りしはじめた同居人……訂正、同居妖精だ。

リャナンシーのりやなさん。隙あらば僕を誘惑し、才能と寿命のトレードをしかけてこようとしているこのエッロい女とは、目下別の関係性を結んでいる。

「……りやなさん。今日の家事当番、僕だったと思うけど」

「え⁉ あ、あはははそうだったカナー⁉ ま、まままいいじゃん、ラッキーってことで！ 別に恩に着るのはとめないゾ♪」

「やんないからね」

「う」

「こんな、こと、しても。代わりに書かないからね、りやなさんの原稿は」

「うぎゅぎゅぎゅぎゅぎゅぎゅぎゅ！ シンタローのケチマックスー！」

同居を初めて、しばらく。頭の中にある〝最高傑作〟をうまく出力できずに窮したりやなさんが僕に代筆させるため、ここぞとばかりにエロティカルアクションを仕掛けてくるのにもおかげさまで（多少は）慣れてきた。慣れるくらいに繰り返された。

色仕掛けを抜きにしても、放っておいたらあらゆるお世話をしようとするりやなさんを説得し、現在、我が家の家事は当番制です。僕たちの同居はリャナンシーと恋人としてじゃなく、作家同士のシェアハウスみたいなものなので。

……これは、そういう〝ルール〟で縛っておかないと、好みドンピシャな彼女のアプローチに容易に転びそうな自分への、鎖《くさり》としての認識でもある。

「シ～ン～タ～ロぉ～」

半泣きの表情に卑屈《ひくつ》な笑みをブレンドして、りやなさんは純粋に不思議そうに言う。

「創作って、自分でするのメンドすぎない？ 人のを楽しむほうがコスパよくない？」

「それ言っちゃうか？」

こいつ、創作者の誰もが一度は頭によぎる真実をぬけぬけと……！　聞いた気がするんだけどなあ、『自分の頭の中にある傑作を実際に読んでみたい』とかよぉ！

「はぁ。……ちょっとどいて」

「書くの⁉」

「見るの」

覆い被さってきているりやなさんから脱出し、文机《ふづくえ》のPCをスリープから解除する。りやなさんの原稿は目下、無料のクラウドストレージ上で管理されており、進捗《しんちょく》なんかは共有フォルダを通じて確認できるのだ。

遡《さかのぼ》ること、昨日の夕飯後の午後七時頃だっけか。

『今夜はめっちゃ書けそう。明日は覚悟しときなさい、読了からのむせび泣き、しかるのちに大いなる愛が発生するはもはや確実。ふふ、いつどんなふうに求められてもいいように、身体《からだ》からイイ香り出すやつやらなくちゃよね！　グッドフレグランス！』とスケベネグリジェでポーズを決めて書斎兼寝床の部屋に彼女が消えていく時、僕は『あーうん、ファイト』と応援し、半ば次の朝の展開を予想していた。

そして半日後の今、テンションの落差の原因であるテキストデータを覗《のぞ》く。

「お。進んでるじゃん。三行」

お世辞でも嫌味でもなく大躍進だ。これまでに、彼女は三度の全文書き直しを行っている。しかも初回は前のデータも残さない本物の削除だったため、僕はゾッとして、以降は元の文章は別に保存しておくようにと強く厳命した。

一度削った文が後で必要だったと気づくパターンなどいくらでもあるし、何より……努力した時間が跡形《あとかた》も残さず無になるのは、精神衛生上よろしくない。

どう修正するにせよバージョンを残す。何をどう直したか、どうして直したかを可視化させる。ただ消すのではなく、努力の証を積み立て次の一歩の糧《かて》として、作家は、少なくとも僕は少しでもマシな作品にたどり着こうともがいている。

「ふんふん、なるほどね」

一応は〝センセー〟と呼ばれる身として、感想を言う義務くらいはある。僕は彼女が夜を通して書いた三行、それからこれまでに書いた内容なんかも加味して意見を言う。

「過剰でも場違いでもない。これはここに必要な文章だ。悪くないよ、りやなさん」

りやなさんは、自分で小説を書いた経験などないと言った。

けど僕からしてみれば、揃《そろ》うものは既に揃っている。

リャナンシーとして、愛する者に傑作を生み出させ続けてきたということは、要するにそれだけ優れた作品に触れ、目が肥《こ》えているというふうにとれる。

よいものを見て、記憶し、思い出せるのは重要だ。あらゆる創作が無からの壱《いち》ではなく、世界から受けた刺激を心の中から出力するある種の模倣《もほう》である以上、生きることとすべて、生きて触れたすべて、材料収集《ネタあつめ》と言い切れる。

妖精として永く生き、特異な体験をしたアドバンテージは、人間には手が届かない。

あるいはそれこそが、彼女の与える霊感の源泉か。全財産をはたいても、命を引き換えに出したとしても、触れたい創作者はごまんといるだろう。

……もしかしたら、早瀬桜之助《はやせさくのすけ》と同じに。

「この一文だけ見ても、これを書ける技量や、感性の鋭さが伝わる。助言どころか、逆に教わりたいぐらいだ。ねえ、これ、どういう意図で書いたの？」

「えーっ⁉　そんなの簡単よぉ、バシッとしなきゃと思ったからガッキーンってかんじのをドスンッ！　だわ！　うんうん唸《うな》ってのたうち回って、それに気づいたのがついさっきだったんだけどー！　……あれ……？　わたしのペース、遅すぎ……？」

……お気づきになられましたか。

時間と傑作によって得た、膨大な情報&磨かれた感性。創作者であれば誰もが羨《うらや》む材料を持つ妖精の書き手である彼女は、それでもやはり創る側としては素人《しろうと》だ。

作家は出力装置だが、当然、得たものをそのまま無造作に出しているわけではない。

素材として得た数々を、練り、凝縮し、書くべき一滴に絞り出す。

りやなさんは、その抽出《ドリップ》に不馴《ふな》れなのだ。思い描く傑作を最高に仕上げようとする意気や良し、だが、そこでコンフリクトを起こしているものがある。

その結果が、ようやく見開き二頁《ページ》目突入、という進行度に表れていた。

「そそそ、そんなはずないのに、なんでなんでどうして……？　浮かぶのよ頭の中に文字がいっぱい、でもいざ書こうとすると、ぐえーってなっちゃって……うううう……？

も、もしかして、人間じゃなきゃ作品って作れないんじゃ……？」

「――や。それは違うと思う」

彼女を襲っている現象には、想像がつく。

培《つちか》われた感性、傑作を見続け養われた〝目〟――言語化し制御できていない無意識の直感が、キータッチを阻害しているのだろう。【見る】は【創る】に欠かせないが、【創る】の経験値は【見る】だけで十分ではない。それらがイコールであるならば、傑作を見続けてきた者は誰でも一流創作者だ。素材は加工せねば道具にならないように、知識は全自動で技術に変換されはしない。

これまで彼女は、この部分を芸術家に丸投げするかたちでクリアしてきた。りやなさんはネタの提供、芸術家は渡されたビジョンの作成と、分業で成り立っていた。委託していた【アイディアの具体化】を自分でやるようになったからこそ顕在化《けんざいか》した歪《ゆが》みに、彼女は襲われているのだと思う。

小説家の場合。書くべきを選ぶ感覚の獲得は、書いて書いて書く実践を行い、億万の文字の死骸《しがい》をもって右脳に刻みつけることだと、僕は認識している。

「慰《なぐさ》めたいけど、その言い訳は機能しない。りやなさんも同じだよ。その悩みは別に、人間《ぼくたち》だって持ち合わせてる」

どんな業界でもそうだが、上には上が果てしなくいる。何かに挑むとき、目標や仮想敵の存在はなくてはならないが、思い知りすぎても困る。

いつか競う相手だとしても、志《こころざ》した幼い時期から最上位のプロと本気で戦わされ、打ちのめされ続けることはそうそうない。そんなことをすれば心が折れる。

比較は、それをすべき適切な段階になってはじめて行うもの。いい意味での身の程知らず……己の実力に疑問を持たないでいい時期が、何事にも必要なのだ。楽しいからくらいの理由で、経験と上達を一緒に積み重ねていく猶予《ゆうよ》が。一歩一歩、適切な挫折《ざせつ》を繰り返し、創作者は心の骨を鍛《きた》えていく。

――そういう、普通の初心者作家がやる段階が一段飛ばしになっているのが、彼女だ。なまじ数々の傑作を深く知っているために、逐一《ちくいち》己の文章と比較してしまい、『こんなんじゃ駄目だ』と立ち止まらざるを得ない。

たとえるなら。

魔王を倒せる武器だけ持たされた、LV．1の勇者……それが今のりやなさんだった。

「創作ってのは結局、どこまで上達しようとも、もっとうまくやれるはずなのにって懊《おう》悩《のう》との取っ組みあいだよ。今感じてる苦しみは、きっと、消え去ることはない」

死刑宣告のように告げる僕を、りやなさんは愕然《がくぜん》とした顔で見た。

創作者の素質に【醜態への強度】がある。

自分の創るものがどれだけ不出来と思えようと、やめずにいられるか。猛烈な羞恥《しゅうち》の逆風に晒《さら》されても、次へ、先へ、新しい恥をさらすことに挑めるか。根拠がなかろうと才能がなかろうといつか世界が自分にひれ伏すその瞬間を夢に見る――なんならまあ、誇大妄想家とでも名乗ったほうが潔《いさぎよ》いかも。

まあ、ともあれ。僕は僕として、ほんの数年でも先に物語を書いてきた先輩として。

自分なりに最大の励ましを、にっこり笑顔で送らんとす。

この思い、届け後輩に。

「大丈夫。作家は一生涯、楽になれるなんてことだけはないだろうが、それでも、書くのをやめなければ作品は完成するよ、りやなさん」

「やーーーーだーーーーーーーっ！」

え、あれ、おかしいな。元気づけるためのひとことがトドメにでもなったみたいに、りやなさんが畳に背中をついてジタバタと暴れだす。

「むりむりもうむり折れました！　こんなのずぅっと続けるとか正気じゃないわよ！　やっぱりこれシンタローが書いたほうがいいって！　そうしましょ⁉　そうしようよぉ、おねがぁい！　わたしもう、あんな夜が続くの耐えられないってばーーーーっ！」

「うぁぁぁぁあっちょぉあっ！」

ギャン泣き、プラスヤケクソにはだけさせた胸元で襲いかかってくる残念美人をギリギリでかわす。格ゲーの投げキャラもかくやの摑む気満々フォーム《グラップル》で吐息は荒く、目も心なしか混乱でぐるぐるしている。

「書カス……書カス……抱イテチュパッテ落トシテ書カス……」

「おいやめろそういう負けたくなる単語を並べるの！　ただでさえ抱き締められたい身

体してるんだから言動には気を使いなさい！　思春期弄《もてあそ》び罪で反則《イエローカード》！」

書くために必要な素材、だけが揃っていて経験がまるでないりやなさんの、現状最大の問題がこれ——我慢弱さだ。

創作とは孤独な作業で、生むのも辛ければ直すのもキツい。クオリティの向上を意識するほど面倒くさく時間もかかるし……先の醜態強度との合わせ技で、常に迷いや現実と理想のギャップに苛《さいな》まれるときたもんだ。

こういう言いかたをしちゃアレだが正気では務まらない。僕、よくおかしくならずに社会生活送れてるよな。これは表彰されるべき。

「ばぶーーー！　ぶーーーー！　だぁだぁーーーーーーーっ！」

創作の秘める危険な闇の力が、妖精を幼児に変えた。

抱えきれない強大なストレスがりやなさんから自我をぶっとばし、四《よ》つん這《ば》いモードへ変形させる。脅威を感じて廊下へと転がり出た僕を、身長百七十越えの巨乳赤ちゃんが俊敏《ソニック》ハイハイで追撃。下手なホラー映画を超えた、本物のスリラーがここにある。

「ちょままままま、りやなさんそっちにいっちゃいけない、大人に戻れなくなる！」

「ばぁーーーーぶーーーーーっ！」

あらゆるストレスからの逃避を試みたりやなさんに追われ、家の中を二周する。こんなやりとりで消費されるのか……僕の休日が……？　という悲しみが判断を誤らせ、あるいは、先程の刷り込みゆえか、風呂場に追い詰められてしまう。

前からリャナンシー、後ろには湯船。何故《なぜ》だろう、不健全な予感がしてきませんか。

「ばっぷ」

すっくと立ち上がり二足歩行になりながら、真顔で手をわきわきさせる美女。一切合切意味がわからないが、これから僕にただならぬことが起こることだけはわかる！

「安心してばぶ……こわいことないばぶ……最終的には合意ばぶ……」

「えっ……なにそれ、ときめき……」

もはや退路はない。果たして新井進太朗《あらいしんたろう》は、創作というストレスに追い詰められた手負いの妖精《けもの》に、新たな世界の扉を開かれんとして――。

「ごめんください」

玄関の引き戸が開く音と、呼び掛ける声を聞いて、血の気がいっぺんに引いた。

「靴はありますね。不在ではないと。ではいつも通り、勝手に上がりますよ」

「りやなさん、ここにいて。バレたら終わるから。そっちも僕もなにもかも」

「ばぶ……あっはい」

真顔とマジトーンのお願いで、相手も理性を強制チャージしてくれた。

僕はりやなさんを風呂場に残し、「はいはいはーい！」と叫んで駆けていく。判断が早かったおかげで、どうにかまだその人は、玄関にいてくれた。

「どうもどうもお待たせしました！　な、なな、なんで急にどうしてウチに⁉　約束入ってましたっけ⁉」

「いえ、抜き打ちチェックで訪れました。かっこつけのあなたは、こうでもしないと自然な姿を見せてくれないので」

皺《しわ》ひとつ付いていないスーツ姿の女性は、ハイヒールを脱ぐと勝手知ったる滑《なめ》らかさでスリッパを履く。それから僕の全身を確認し、左手のブランド腕時計を確認した。

「現在、土曜の十時八分。休日だからといってこんな時間までパジャマとは、いささか弛《ゆる》みが見られます。あなたは作家である前に若い学生なのですから、生活態度は引き締めてください。将来が思いやられます」

「は、ははは……はい、気をつけます……」

一分の隙も無い正論をぶつけてきた女性は、手に持っていた包みをこちらに渡す。

「こちらお土産の、以前食べたいとおっしゃっていた松月堂《しょうげつどう》の最中《もなか》です。糖分は頭の回転を助けますので、そちらなど召し上がりながら、原稿や生活についてお聞かせ願います、明日木《あしたぎ》先生。ああ、お茶は私が淹《い》れますので、先生は先に応接室でごゆるりと」

有無を言わせず進んでいく彼女は、波見志代子《はみしよこ》さん。

僕が生涯頭の上がらない、命脈を鷲摑《わしづか》みにされている担当編集さんである。


〈2〉

「どうぞ」

「どうも」

お土産の最中と茶を盆に戻ってくると、波見さんは視線は動かさずに小さく会釈《えしゃく》した。

僕の心臓が破れそうなのは、今まさに原稿がチェックされているからだ。

書きかけの途中経過を編集さんに見てもらう……というのはあまりあることではないが、今回は事情が事情だ。出来より進みを確かめられている。明日木青葉《あおば》は締め切りを一度ブチ破っている状態であり、口だけで『そりゃもー順調ッデスケド！』と言ったところで説得力など皆無。失われた信頼をわずかでも回復するには現物を見てもらったほうがよいと考え、こちらから申し出たのだ。

——以上が、もっともらしい表の建前。裏の本音は、同居妖精の『えっ、つまんな』が、今もたまに思い出しては後ろ髪を引くからです、はい……。

「……うぅ」

小説に限らない話だろうが、どんなに自信があっても目の前で作品を見られている時間に胃を潰《つぶ》されない創作者はそうそういまい。

チェック中に手が空くから、とお茶を淹れるのを代わったのも、いたたまれなさを少しでも短縮するためだ。文字通りの意味のほうでも、我が家の台所事情に精通している波見さんには『来客用の茶葉でなくて結構ですよ』と言われたが、せっかくよいお茶菓子があるなら奮発《ふんぱつ》しない手はない。うちにある中で、いちばんいい緑茶の茶葉を使うことにした。これも、波見さんがここへ引っ越した際にお祝いにくれたものだけど。

じっくりとお茶を淹れたが、波見さんはまだ読み終わっていなくて、僕はいよいよ逃げ場もない。対面から、無言で文字を追う波見さんの様子をちらちらと窺《うかが》っている。

「ううう……」

応接室は緊張感で張り詰めている。

原稿チェックは元より、波見さんという人がそもそもプレッシャー発生器だ。結い上げ整えられた髪、フレームの細い眼鏡、着こなす高級スーツ、そして何より厳格を絵に描いたような引き締まった表情が、何も言わないままでも周囲に『斯《か》く在《あ》れ』と圧を放出する。背筋を伸ばし、正座でマウスを握りホイールを転がしているさまは、華道茶道に通ずる空気さえ醸《かも》し出《だ》しているときた。

「結構な御手前で」

こっちの心でも読んでいたみたいな台詞《せりふ》。しかも前置きも何もなかったもので、僕は緊張のあまりつまんでいた最中を吹き出しそうになった。

「実に良き滑《すべ》り出《だ》しかと。壁を突破できるきっかけがあったこと、存分に伝わりました。この続きがどのように描かれるものか、胸がわくわくいたします」

想定外の返答に耳を疑う。頬《ほお》をつねる手を伸ばしかけ、はっと気づいてやめた。

「ほ、本当ですか……⁉ 本当の本当に⁉ お世辞じゃなくて⁉」

「駄目な時は駄目と言います。私を何だと思っておられますか」

「鬼の編集」

「わかっておられればよろしいです」

波見さんは満足そうに頷《うなず》き、それから盆の最中に手を伸ばして包装を剝《む》く。

「だからといって満点ではありませんよ。この部分まででも、校正赤入れ無傷で潜《くぐ》り抜《ぬ》けると甘えぬように。たとえばこちら、三ページ目の冒頭ですが……ひゃひゅっ！」

鬼の編集が悲鳴をあげた。

原因は明白で、波見さんは大の猫舌であり、熱い飲み物に超弱い。なので基本冷たいものを飲むのだが、例外的に【和菓子には熱いお茶】の主義を持ち、ギリギリを攻めてはこういうことになる。……もちろん、失敗できない場ではやらない、気の置けない状況でのみの挑戦だと本人は割り切っていて、僕はこれをこっそり『はみっしょチャレンジ』と呼んでいる。本人に知られたら多分死ぬ。

「だ、大丈夫ですか」

「お気遣いなく。二ふーふー足りないのを見誤った私のミスですので」

こんなこともあろうかと、僕が用意しておいたお冷のグラスで舌を冷やしている様子がなんだか微笑《ほほえ》ましくて、『次は成功はみっしょチャレンジ』の念を心の中で送っていたのだけれど、どうやらそれが熱烈すぎて顔に出ていたらしい。

咳払《せきばら》いをひとつ挟み「話を戻しましょう。まず三ページ目の冒頭です。早速先生の悪癖が表れましたね」から開幕、三十分ノンストップで丁寧な、じゃがいもを裏ごしするかのごとき第一章全文にわたる校正いやさ攻性助言が襲いかかって成すすべもなく、僕は「オッシャルトオリデゴザイマス」を三桁繰り返してしかる後に死ぬ。

「以上、個人的意見ですが。当然、聞くも聞かぬも最終的な決断は先生がなさってくださいますよう、並びに私を納得させてくださいますようお願いいたしますね」

何が恐ろしいって、彼女が示した中に納得できない難癖《なんくせ》など何一つない。

さっと目を通しただけで波見さんは僕が言語化できていなかった、作品をよりよくするための点をつまびらかにした。その敏腕さへの感服と、作家と編集という立場は違えど、自分と彼女の間にある『作品を創る経験値の差』に打ちのめされる感覚が、混じりあわないで頭に渦巻く。嬉しくて悔しくて苦しくて、自分の未熟さが重い。

「波見さん」

未熟が重いついでだ。どうせ負うならダメージは一度のほうが、浮き沈みを繰り返さないですむとばかりに聞いてみる。

「どっちの担当もやっていた身として、ご意見を伺《うかが》いたいんですけど……早瀬桜之助と明日木青葉、今、どのくらい差がありますかね？」

「――あら。言ってよろしいのですか？　本当の本当に？」

「ごめんなさいごめんなさいやっぱ待って言葉にしないでもう全部わかったから！」

今すごい目したんですが！　獄卒《ごくそつ》もギャン泣きみたいなの！

「何度も言っております。目標と定めるのはいいですが、過度な比較はやめなさい。早瀬先生……お父上の影を追うとして、一体、どこから見た影ですか？　売り上げ？　人気？　作風？　人となり？　それとも……単なる、思春期の反抗心？」

　まずい地雷を踏み抜いた。鬼すら泣かせる編集の眼差《まなざ》しは更に研ぎ澄まされていき、そして、それが頂点に極まった時。

　波見さんは、ぽんぽん、と自分の隣の畳を叩いた。

「ちょっと。ここ座りなさい、しん君」

　この呼びかたと、ぷくっと膨《ふく》らました頰に、僕は拒否権も防御力も持たない。

　言われた通りにそこへ座ると、がっしり手を摑《つか》まれて、殊更《ことさら》に目を合わせてくる。

「お仕事中だけど、ごめん。今からちょっと、お説教するね」

「はは、は、お、お手柔らかにお願いできる？」

「だめ」

　妥協なき仕事の関係、傑作に容赦《ようしゃ》のない鬼の編集波見志代子より、もっと怖いもの。

　それは——世話を焼き、何かと心配し、常に真心で僕を心配して関わってくる、バリバリ未成年な新井進太朗の身元引受後見人——はみ姉ちゃんだった。


【〆】


　出逢いの順番は、編集者波見志代子としてが先。

　七年前、当時の家に訪れた彼女は、当時十歳、小学四年生の僕からしたら、美しさに

見惚《みと》れるより厳しさが怖かった。

　波見さんは早瀬桜之助のデビュー作【琥珀《こはく》の夜に閉じ込めて】からの七冊全てに関わった担当編集で、昨今は電話やメールで行われる打ち合わせを『相手によって最適は違います。早瀬先生は、対面の会話で行ったほうが結果が出る、と判断しました』と頻繁《ひんぱん》にやってくる彼女のことを、僕ははっきり言って、苦手を飛び越え敵視していた。

　何しろ、ずばずば言うのだ。

　当時、かけだしで人気のなかった父を応援する最後の砦《とりで》気取りだった僕にとって『先生の作品は足りていません』『このままでは横ばいが続きます』『初版部数が減りました』などと言ってはひいきの作家をしょげかえらせる相手に好感を持てというのが無理だろう。

　学校から帰り、見慣れたハイヒールがあると嫌だった。応接間から聞こえる、申し訳なさの欠片《かけら》も無く作品の不備を並べる声を聴きたくなくて、わざと大きな足音を出して階段を駆け上がった。帰り際に廊下で会釈された時、睨《にら》みつけてから視線を外した。

　僕は、父がどれだけがんばって作家をしているのか知っていた。そして、出版社の編集者が何をやる人なんてろくに知らなくて、父が書いた物語にとにかくけちをつける、ひどいことを言いに来るやつ、としか思えなかった。

　だから、よくわからなかった。

　いやなやつにいやなことを言われたはずの父が、彼女が帰った後に落ち込んで、落ち込み終わったら、どうしてあんなにやる気満々になっているのか。

一作目、二作目、三作目。早瀬桜之助は、作家として芽が出ない。出版するものの採算ぎりぎりで、担当編集は、同じ態度で父を叩く。

『早瀬桜之助の美徳、魅力、読者を惹《ひ》きつけるものは確かにあります。問題はそれを、書いている本人が自覚的でないところかと。何を躊躇《ちゆうちよ》していらっしゃるのでしょうか』

四作目。仕事場として町外れの古民家に通い始めた父は【クロノスタシスの水平線】を書き上げた。それはこれまでの冴えない時間を雌伏《しふく》の時期と改名させ、あるいは『世間が早瀬桜之助に追いついた』と塗り替えた。でも、担当編集は淡々と事を進める。

『こちらの段ボールがファンレター、こちらはサイン本用三百冊となります。申し訳ありません、手違いで自宅へ届けてしまって。再度配送の手続きをいたします。編集として言うことではありませんが、どうぞ先生、お浮かれなきよう。あなたと、あなたの作品が持っている魅力が、ようやく正しく世間へ届き始めたばかりですので』

五作目、六作目、七作目。このころのやりとりを、僕は知らない。父は生活の基盤を仕事場に移しており、仕事関連の作業はそちらで行われるようになっていた。

なのでこれは、後から聞いた話になる。

――『早瀬桜之助の原稿にはもう、自分の立ち入れる余地はない。校正に回しても、誤字脱字どころかたったひとつの赤もつかない』と。

『他愛のない世間話とか。そういうことをしている時に、私にはきっと、いくらでも機会があったはずなんですよ。担当編集として、原稿以外に関しても、あの方にできることをやれる機会が。……君には、何を言われても仕方ありません』

関係が変わり始めたのは、四年前。時期で言えば、早瀬桜之助五作目発売の少し前。

父と母が離婚して、僕が一人で家にいることが増えた、十三歳の頃。

母は妹と一緒に家を出て、父になついていた僕は、父に親権が渡された。

人気作家として経済力に問題が無かった父はそれを許されたが、あまり父は、僕に構うということもなかった。

その頃の父はもう、父である以前に早瀬桜之助だったし、中学一年生の男子は、何から何まで親の手を借りなければいけない時期も終え、むしろ一人での時間を心地よくさえ思い始めていたから。

そんな時期に、僕の面倒を見に来てくれたのが、波見さんだった。

あれこれ世話を焼き家事をしてくれたりするのはありがたいし便利だが、その度に生活態度についていちいち言われるのは鬱陶《うっとう》しくてたまらない。

そんな認識も、触れ合ううちに変わっていった。

徐々に打ち解け始めたのもあるが、その時には恥ずかしい話、打算が大きい。

中一になり、うっすら将来という課題について考え始めた僕は……恥ずかしいが、父に【励ましの未完成作品】を送り褒められた時の気分がしつこく残っており……自分も作家になりたい、と思う意識を持って執筆に挑んでいた。そんな時に、早瀬桜之助を始め何人もの売れっ子を担当する敏腕編集さんの話はとても参考になった。

はじめて書き上げた短編を読んでもらったのも波見さんだ。彼女は忙しい中、不出来な中学生の作品に、丁寧な講評を返してくれた。……その容赦ない【鬼の編集】っぷりに苦手意識が再燃したのは言うまでもないが、同時にとても嬉しかった。

その時、遅ればせながら僕は、父がいつも嬉しそうにしていた理由を実感する。

ああ。

この人は、本気の作品を創る人に本気で寄り添い、同じ理想を追ってくれるんだ、と。

『君が創ろうとしているのは、お父上のような作品ですね。であれば、より深く重なることも大事ですが、自分だけの武器を持つことも考えたほうがよろしい。似ているだけの作品が並ぶ時、読者はより品質の高いオリジナルの早瀬桜之助を選びます。君にしか書けない、君だから書ける作品を目指しましょう。それを摑んだ君と仕事ができる日を、楽しみにしていますよ』

淡々としていても、低温ではなく。青い火のような、静かな熱が籠《こも》った言葉だった。

以降、パワーバランスが確立してしまった僕は、波見さんに頭が上がらなくなる。存分に自由を与えられた中学生らしい日々の乱れは言う通りに整えられ、父のように〝清《せい》廉《れん》で正しい生活〟を送り出す。

書いた原稿に講評をもらい、直してまた書き、を続けて。

作家志望者・新井進太朗と、編集者・波見志代子の関係に新たな変化が訪れたのは、二年前。

僕が中学三年生の時、父は散歩中に急性心不全で亡くなった。

途端、悲しむ暇もないうちに、大勢の人が突然僕のところへ押し寄せてきた。未来に於《お》いて利益を生み続ける早瀬桜之助の著作の権利や財産を目当てとして。……その中には、二年ぶりに顔を見る、既に再婚した母さんの姿もあった。

たった十五歳の若造では正しく理解も判断もできないおためごかしの洪水に溺《おぼ》れ、なすすべもなく流されようとする僕を助けてくれたのが、誰あろう、波見さんだった。

彼女は普段と同じ冷静さで僕の防波堤となって、早瀬桜之助の権利をかすめ取られないように諸々《もろもろ》の処理を進めてくれた。父方に親戚もおらず、身寄りがなくなった僕の後見人になり、事実上の保護者にまでなってくれた。

これからもきっと、頭は一生上がらない。

その上に、いつもいつでも未熟な僕は、心配ばかりかける。

たとえば現在《いま》、このように。

「しん君。お姉ちゃんは、怒っています」

「は、はい」

「何に怒っているか、わかりますか」

「僕が、よくないことをしているからです」

「よくないってなに。具体的に言って」

「父さん……早瀬桜之助への、変な張り合いかた……」

「よろしい」

波見さんが僕の後見人となってくれて知ったのは、彼女がオンとオフをきっちり分けるタイプの人だったことだ。仕事には仕事用の思考回路に切り替え、【鬼の編集】モードに物の見方、関わりかたを変えている。

で、こちらが家族に対する接しかた……【導きのお姉ちゃん】モードでございます。

「お姉ちゃんは、しん君のやりたいことを応援したいです。大変なことには一緒に悩むし、いけないことには〝めっ〟て叱《しか》るの。あたりまえだよね、私はしん君の編集さんだし、二年前から家族だもん」

瞳がらんらんと、やる気の光に輝いている。鬼の編集が青い火なら、お姉ちゃんは赤い炎。ぐいぐいと前に出てきて、はっきりと熱い。そのお姉ちゃんムーブは、編集の手際よりいささか前のめりで加減を知らない。

それは無理もないというか、彼女、実際はお姉ちゃんどころか三姉妹の末っ子である。

「早瀬先生は、素晴らしい作家さんだった。どうやっても意識しちゃうのも、影響を受けちゃうのも無理ないよ。けど、問題はそれで、しん君が無理してること」

「してるふうに、見えます？」

「すっごく」

はみ姉ちゃんは、深く頷き言葉を続ける。

「早瀬先生が亡くなったころ、だよね。君ががらっと、作風変えたの」

……これについては、今更とぼけられない。

作家がバリエーションとしてテイストを変えることくらいはあろうが、僕が意識して行ったのはそういう範疇《はんちゅう》に留まらない。百八十度異なる露骨な変貌は当時も指摘され、既に認めてしまっている。

僕はこれから、こういうことを描いていきます、って。

「それ自体はね、全然悪くない。物語は、生きた手から生み出される生き物だ。作者の心《フィルター》が変われば、濾《こ》して出てくる味も変わる」

「不味《まず》くなった、かな」

「ない。それはないです。速さも量も落ちたけど、質が下がったとは思わない。君がやろうとしてるのはね、巣立ちだよ。成長している最中なんだ。新しいことをやろうとしているんだから、効率くらい落ちるさ。お姉ちゃんは好きだよ、今の作風。家族としての贔屓目《ひいきめ》なしに。だから編集部でも推して推して、出版までこぎ着けたんだ」

中学三年生の秋、推薦での志望校入学が決まっていた僕は、波見さんの導きで父と同じ翠生社《すいせいしゃ》からデビューした。

その際に使用した売り文句は、現役の中学三年生であることのみ。

僕の希望で、【早瀬桜之助の息子であること】は伏せてもらった。

「先生……早瀬桜之助は、散る花のごとき無常、【終わり】に晒される人々の悲しみを描いた。変わって戻らないもの、痛みを受け入れて生きていく在り方を鮮烈に謳《うた》った。

君は、デビュー作から対極だったね。底抜けに幸せで、普通そうはならないよってくらい、ご都合主義的で馬鹿馬鹿しいくらいに【続く】作風——ハッピーエンドの更に上、幸福続行《ハッピートウビーコンティニュー》至上主義を名乗ったもんね、あとがきで」

うん、そいつが僕の、作家としての看板だ。これを書くぞ、と定めたものだ。

「毎度企画を通していただいてる波見さんにも苦労かけます。僕の書きたいヤツ、求められてる流れとは正反対でしょ？　早瀬桜之助没後二年、世間はまだまだ【泣きもの】ブームが全盛期で、ランキングを埋めるのもああいう」

「しん君。お姉ちゃんがそういうこと言ってるんじゃないって、わかってるよね」

小賢しいごまかしは秒で見抜かれ、軽口が強制停止させられる。

「お姉ちゃんが言いたいのは、君がお父さんと正反対のものを書きはじめた理由のほう。仕事の虫で、最期《さいご》はあんなふうに亡くなったお父さんに、当て付ける気持ちで書いちゃだめだって言ってるの」

「——いけない、かな。作家はどんな感情であれ、経験であれ、作品に利用できる商売で。だから、マイナスもプラスになるんだと思ってるんだけど」

「そうだね。それはそう。でも私、言ったよ。お姉ちゃんとして叱るって」

しまった、やらかした。今の返しはよくなかった。

「勝手かもしれないけど、君には、傑作を書くより、幸せになってほしい。お父さん憎しで物語を書いて、売れても売れなくても思い詰めて、最後には不幸になっちゃうくらいなら、お姉ちゃん、主義を曲げてでも、しん君の作品を出版するのは見直します」

……こういう人だ、波見さんは。自分に得もなかろうに、人のために筋を通す人。

僕の後見人になって、早瀬桜之助の財産の管理者になって、彼女は別にちっとも見返りなんか求めない。どうしてこんなことをするのか、自分の人生が目減りするだけだろうに、と生意気なことを尋ねた僕に、彼女は頰を膨らませて答えた。

僕が思わず面食らう、はじめてのお姉ちゃんモードだった。

『仕方ないじゃないですか。早瀬先生への義理とかも、そりゃなくはないですけど……それより私、しん君とはもう、お友だちになれたと思ってたんですもん。だったら、助けるのは当然です。……ふふ、これからは家族で、お姉ちゃんですけどね』

涙も慈悲もある鬼の編集で、頼れる家族のお姉ちゃんでもある、波見さん。

厚意にも善意にも裏や打算はなく、だからこそ、くぐりぬけるのは難しい。

……それ以前に。これだけ僕を、まっすぐに大切にしてくれる相手に、口先の嘘なんかつけるものか。

僕は未熟だ。実績もない若造作家だ。

そんな明日木青葉から、【書く理由】を除いてしまえば、きっと何も残らない。

「どうですか、しん君。これから君は、何を、どういうふうに書いていきますか」

作家である以前の、その後ろにいる僕に、彼女は話しかけている。僕はそれに、作家であることにしがみつきながら、答え――――ようと、した。

「おにいちゃん」

応接室に轟《とどろ》く、砂糖菓子の声あり。それはひかえめで、振り絞った勇気が混じってい
て、おどおどとしていた。

「あ、あの、勝手にはいって、ごめんなさい。げんかん、開いてたから」

そこにいたのは、髪をツーサイドアップにくくりワンピースを着た、小学校高学年ほ
どであろう女の子。肩に抱えるトートバッグの上からは、原稿用紙がはみ出している。

「おはなし、かいてくれるんだよね。えへ、たのしみ」

ふにゃっ、と笑う幼女を見たはみ姉ちゃんが一瞬どうしようもなくとろけたのち、は
っと気づいてこちらを向く。その顔は、非常に厳しい警戒の色に染まっていた。

「しん君」

「はい」

「事案かな？」

「違います」

僕は見た。はみ姉ちゃんが背を向けた途端、純真十割だった幼女が邪悪な表情に変じ、
そしてさも「貸しひとつ」とでも言いたげに指を一本立てたのを。

……ま、間違いない。や、うすうすとは感づいていたが。

この腹黒幼女、りやなさん……いや、りやなちゃんだ！　風呂から動くなと言ったの

に脱出し、会話を盗み聞きしただけでなく、窮地《きゅうち》とばかりに入ってきやがったのだ！

　おかげで助か……ってないなこれ！　問題が別の問題で上書きされただけだ！

「この子とはどういう関係？　お姉ちゃんがちょっと来ない間に何があったのかな？」

「あの、はじめまして」

　りやなちゃんが波見さんにちいさく頭を下げる。その動作はさも【親しい人にだけ心を開く気弱な少女が知らない人に精一杯勇気を振り絞って挨拶《あいさつ》している】といった庇護《ひご》欲《よく》をくすぐるものだが、本性を知る身からするとただ五文字、〝おぞましい〟。

「わたし、りやなって言います。おにいちゃんとは、公園で会って。お母さんがいそがしくてかまってくれないっていってはなしたら、いつでもあそびにきていいよ、っていってくれたんです。お、おにいちゃんは、わるくも、いけないひとでも、ないです……」

「……へえ……ふぅん……」

　波見さんの顔がお姉ちゃんと編集の間を揺れ動く。彼女の中で、僕は今どっちだ？　幼子に手を差し伸べるお兄さんか？　ドヤバいスキャンダルを突如抱えた爆弾作家か？

　頼む頼む頼む頼む！　運命の賽《さい》よ、この時ばかりは大成功《クリティカル》を！

「……しん君、言ってた……『文豪と呼ばれる存在は、自分の中に独自の世界観を持っていた、それが作品の形成に一役買っていたのは疑う余地もない。だからはみ姉ちゃん、僕は変人を目指す、止めてくれるな』って……変人、それってつまり……変態……」

　ドちくしょう！　普段の素行がこんなところでこんなふうに出ることあるかよ！

はみ姉ちゃんがぷるぷると震える手でスマホを取り出し、緊急通報の画面を開く。思いきりが良すぎる。声を大にして弁明したいが、何かわずかでも動こうとすればその動作が引き金となり110がタップされるであろうことは想像に難《かた》くないのです！

「みてみて」

そこで幼女が動く。りやなちゃんが、トートバッグから取り出した原稿用紙を、一生懸命なふうに小さな両手で波見さんの目の前に出す。

「おにいちゃん、おはなし、書いてくれたよ。わたしのために、って」

え？　覚えのない発言に、波見さん共々目を凝《こ》らしてみれば……原稿用紙には確かに、僕の筆跡に似た文字が躍っている。変幻自在に姿を化かせるリャナンシー、こういうこともできるものなの？　それとも単に彼女の芸かな？

ともあれりやなちゃん、僕の窮地を救うべくこんな仕込みもしてくれてたのか……！いつのまに形成されていたのだなあ、確かな絆……って、あれ？

この文、僕が書いたのじゃなくて、りやなちゃんの書きかけのやつだね？

「……少ないね。これだけ？」

「うん。来るたびにちょっとだけ書いてくれるの。ここからどんなおはなしになるのか、そーぞーして待つんだあ。ねね、今日の分も、書いてー書いてー」

ぁ、あぁぁぁ～はぁ～！　そう来る⁉　こんな手あるぅ⁉

練った設定持ってきたなと思ってたけどさあ、全部これ⁉　この流れへの布石⁉　おいおいおい、仕掛けてきたねえ駆け引きを！　書いてくれなきゃすべてご破算、明日木青葉、新たなる取材先への送還を盾にした人生強制スクロールかい⁉

「りやな、おりこうで待ってたよ。おにいちゃん、やくそくしてくれたもんね？」

天使の笑顔を浮かべる少女の、奥に潜むドス黒い計略に冷や汗が流れる。もし断ろうものなら何をしでかすかわからない。詰んだか。これは詰んだのか。僕は大人しく、使えるものは鬼の編集と同居人の窮地だろうと利用する極悪リャナンシーの思惑に乗り、解釈違いの原稿に手を染めねばならないのだろうか……⁉

「――――ふふ」

僕が、邪悪幼女の差し出すボールペンに無意識に手を伸ばしてしまっていたのを、その微笑が気づかせ、止めてくれた。

「話の腰、折れちゃいましたね。でも、少し安心しました。君は自分の哲学を追い求めるタイプの作家ですが……ちゃんと、独りで辛くなる以外の、力を抜ける書きかたもできてるじゃないですか。締め切りを破ってるのに他の書きものをやっているのは、まあ、今回だけは不問にしましょう。依頼されたコラムや取材を『気分転換にもなるから』とまったく断れなかった、スケジュール管理下手のお父上で慣れているので」

……お？　はい、え？

僕が戸惑っていると、彼女は立ち上がり、荷物をまとめた。

「大切なお客さんも来たようですし、おいとまします。交友関係を広げるのも結構ですけど、今からでも遅くありませんので、先方のご両親にもちゃんと事情を説明するんですよ、しん君。必要なら、私もお口添えしますから」

「あ……う、うん。ありがとう、はみ姉ちゃん」

「大切なファンです。失礼がなきようきちんともてなしてください、先生」

そうして、窮地を脱した。玄関の戸が開き、遠ざかっていく規則正しい足音を聞き、気づけば口が特大の息を吐く。で、そんな僕を覗きこんでくるドヤ顔幼女ありけり。

「おもてなしっ。おもてなしっ。おにいちゃんの、げんこーかくとこみてみたいー」

リズミカルなコールと手拍子の間に、盆から最中を取ってそっと挟み込む。

「わーい最中らー！　あまいあまーい！　……じゃないよねぇ？　ふふ、わかってるのにジラすなんて、おにいちゃんてばわるい子ちゃん……」

「たわけ」

「あばっ」

純情の薄皮を剥《は》いだ下から狡猾《こうかつ》をさらけ出す幼女にチョップをくらわす。

さも恩人のようなツラしたけど弱味に付け込んだ事実消え去ってねえからな？

「ふぐぅぅぅ……！　もうちょっとだったのにぃ……！　なによぅあの女、ねばりなさいよそこは……！　もっと疑え、証拠を見るまで納得するなぁ……！」

「出てんぞ素《す》が」

幼女が泣きながら四つん這いとなり、最中をもぐもぐ、畳をてしてしする。動作がやかましいし口が悪すぎる。

「書けないの書けないよう書かなきゃいけないのはわかってんだけど書きたくならないんだからしょうがないじゃないこんなのわたし悪くないもんわたしだけじゃなくて原稿側からもわたしに書かれたくなる努力しなさいよぴえんぴえんぱおん！」

すごい。同じ駄々でも、大人形態と幼女形態だとこうも味わいが違うか。今のほうが外見的には相応だしマシかと思うじゃん？　それがね、「大人でこれやるの流石《さすが》にやばいよね……」という忘れかけていた思いを再確認させてしまうのでシナジーでアウトだ。

「……はあ、もう」

書かなきゃいけないのに書きたくない、その気持ちは痛いほどわかる。気が乗る、乗らないは創作者につきまとう問題だ。ことに彼女は、書き始めてから家もほぼ出ない半カンヅメの状況で【うまくいかない執筆、うまくできない自分】に直面してきたのだ。爆発もむべなるかな、むしろここまでよく耐えた、と言えるだろう。

「そうだなあ。今回りやなさんのおかげで、危ないところが助かったのは確かだし」

「書くの⁉」

「書かないけども」

何度目だこのくだり。何度でもやるんだよな、ポジティブの塊りやなさんは。

「書ける手伝いをするってこと。書きたくないなら、書く気が出るように、ね。その方法を教えるのも〝センセー〟の役割かなって」

きょとん、と幼女は首をかしげ、僕は思い出す。さっきの、波見さんの言葉に刺激されて不本意ながらよみがえった、懐《なつ》かしい記憶を。

春の休日。ＰＣの前でつらそうに唸る父に、僕がせがんだ、些細《ささい》なおねだり。

〈3〉

アナウンスからほどなくして電車が停まり、ボタンを押して戸を開ける。

一時間の揺れに耐え抜いた尻が解放に歓喜し、軽く身体をほぐした後で、回収の箱に切符を収めて無人の改札を抜けた。

最寄りのローカル鉄道を途中下車せずたどり着いたのは、十何年、名前は目にしていてもついぞやってくる機会のなかった終点、櫛野代《くしのしろ》駅だ。

小さな駅舎から出れば、出迎えは刈り入れ時の田んぼに山林、抱き着いてくるような自然の景色と、風雨に寂《さび》れた年期の入った看板。

十月の休日は、青色の筆の乗りが実にいい秋晴れの空だった。

「うわー、やってるやってる。すごい音」

黄金の海を威風堂々と、稲刈り用のコンバインが進む。オレンジのボディが頼もしく、丹精込めて仕込まれた稲を収穫していく。

「働く車って無条件でときめくなあ。それに、ああやって作物を育ててくれる農家さんのおかげで、僕らは美味《おい》しいごはんにありつける。はは、こうやってると改めて思うが、作家ってなァ実に虚業だ。腹も膨れぬ妄想で同じく銭をいただくってのは、こりゃあ詐欺師の手法だぜ。罪悪感と感謝とで擦《こす》る手も止まらないったら。なむ」

冗談めかして話題を振ると、彼女は「なるほど」と至極真剣な表情で頷いた。

「働く車イコールときめき。ということは――シンタローを誘惑する時は、ああいうかたちになればいいのね？　もう、そんな趣味があるなら早く要求《リクエスト》してほしかったものだけど！」

「やめてね？」

自分の家で農業機械と農耕な、いや濃厚なラッキースケベとかジャンルがニッチじゃ済まないし命が無事ではない。便利と危険は紙一重。てかりやなさん、僕が頼めばあれにも化けられるの？　リャナンシーに許される美女の範疇に収めるのは図太すぎない？

「そのものは無理だろうけど、ベースは保ったままワンポイントの真似ならどうにか？　書斎にもあったじゃない、機械《メカメカ》ついた女の子の作品！」

あったねえ、みずあめぽっと先生著、傑作戦闘兵器の力を持って生まれた女の子アンドロイドたちが唯一の人類である主人公を守って戦いアプローチする【司令官、撃墜数一位になったら告白してもいいですか？】シリーズが。

「ままま、今日のところ今のところはその姿でいいよ、目的が目的だし」

本日は外出用ということで、りやなさんの装いも普段と違う。

我が家に居着いてからはワンピース形態が普通だった（曰《いわ》く、僕が一番好みで今の外見と合うツボの姿。〝はい好きですね〟と正直に認めた）が、今、下はモデル張りの長身が際立つジーンズを穿《は》き、シャツの上に薄手で丈の長いコートを羽織《はお》ってキャップを被る、活動的なスタイルだ。

爽やかな秋空の下で吐露する邪念ではないのだけど、ワンピースの時はちょっとかがむと上から主張がダイナミックだった胸部は、シャツだとオールレンジ秘されながらもポテンシャルの輪郭線をくっきりと見せつける。結局、どうあがいても僕の深い部分に抜け目なく刺さっていて逃げ場《ごっつあんです》がないということだけは、天地神明に報告したい。くそ……こいつ、どんな姿でもかわいいかよ……！

「……んんっ、おほん。さて、それじゃようやくこっからが目的の本番かな」

「はい、はいはいはいっ」

りやなさんが手を上げてぴょんぴょん跳ぶ。この妖精はいちいち、行動が子供っぽい。ファッションモデルみたいな格好良さに可愛さまで備えていてずるい。

「結局、家を出る前も言わなかったじゃない。わたしたち今日何するの、センセー？」

「どこにも行かないし、何もしない」

「……は？」

「今日、小説について、創作については、なーんにも考えませんっ。原稿のためになること、やりませんっ。目的なんてナッシングです。何故ならばここに来たのは……現実逃避のためだからでーす！」

　彼女の表情は、段階を踏んで移行していく。

　まずは僕の発言が理解できないぽかん口、次に内容を飲み込んでの驚き顔、それから「ならわたしがヌルッとインスピを」とでも言おうとしたのだろう唇《くちびる》を尖《とが》らせかけたが、彼女は【原稿やんない安息日】が自分についても及ぶのだ、と気づいたようで。

　黙ってキリッとしていれば読モの王子様系女性《おねえさま》な顔が、卑屈さと背徳感の、粘性ある昏《くら》い喜びでニチャァと歪んだ。

「ぷひゅっ、ファッ、んなへへへへ……ほふほっ、し、しょぉんがないなあ……な、なーんかよくわかんないけど、センセーがそう言うんじゃあ？　わたしとしては？　逆らうわけにはまいりませんし？　そのゲンジツトーヒ？　とやらに？　お付き合いさせていただきますでしょうかね？　やー残念だなあ！　書ーきたかったンなァー、今日という今日はぶっ壊れるほどキーボードがヒートする予感があったんだけどなーぁ！」

「あっそう？　紙とペンならあるよ。どうぞどうぞ、僕は行くんでごゆっくり」

「びゃあぁぁぁ⁉　冗談ですぅごめんなさい！　おにぃ！　あくまぁ！」

　りやなさん秒で泣く。

　ごめん、これはさすがに僕が悪かった。

【〆】


僕がりやなさんにできること。

それは気晴らし、気分転換へのお誘いだ。

「ねねセンセー、どこにも行かない何も考えないってどーゆーアレ？」

「目的地とか決めないぶらり旅ってソレ。気の向いたほうに適当に、だね」

彼女は奔放《ほんぽう》で勝手に思えて、その実、どこまでも相手を窺っている。それが〝見定めた男性が求愛を受け入れるまで尽くす〟リャナンシーの性質か、彼女特有の性格かはさておき、大事なのはりやなさんの許可待ち姿勢である。

自分で自分を許さない、もしくは、認められねばそれをしない。泣き言を吐こうとも、『もうやーめた！』と投げ出せないし逃げないのだ。……その姿勢を、根性があると表現するには抵抗がある。ストイックだと美化もしたくない。

「畦道《あぜみち》長いねー、ずーっと続いてる。鳥が鳴いててー、虫の声が聞こえてー、あー、こりゃ確かに、不思議な気分ー。ふふ、なんか、あたまふわふわするわねー。……あっ、ねこだ。向こうの神社の中、入ってた」

「追ってこう追ってこう。撫《な》でさせてはもらえなくても、お写真一枚お願いしたいね」

昨日の消耗《しょうもう》を見て、今日の予定を決めたあと、理由についても仮説を立てた。

誰かに発注しても自分で創った経験はなかったりやなさんは、実体験としての創作疲れが未知であり、書きたい気持ちと書きたくない気分の折り合いをどうやってつけたらいいのか知らないのではないか。

なのでまず、僕が許した。書かなきゃ⇕書けないでぐるぐる回る思考から離れるために【僕の現実逃避に付き合わせる】という状況で家から連れ出した。

「驚いたねえ、センセー。シャッター音で邪魔したら申し訳ないんで見るだけだったけど、行ってよかったよ。賽銭箱の周りに何匹もたむろしてるカワイ神々しい風景、しっかり頭に焼き付けた」

【やらなくては】という強迫観念は、りやなさんの専売特許じゃない。創作していない余暇《よか》のすべてにサボっているという意識を抱えて磨耗《まもう》してしまう症状は珍しくなく、かく言う僕もそうだった。波見さんにも、二作目を書くのに学校も欠席して四六時中閉じ籠っていた時に言われたものだ。

『他の作家が原稿に向かっている時に、未熟な自分は何をしているのだ……そんなふうに思って気が引けるなら、こうお考えください。遊びも仕事のうち、楽しみのインクを補充してこそ白紙に物語を刻むことができるのだ、と。……思い詰めるだけじゃ書くものも書けないよ。君が書きたいのは、しあわせのおはなしでしょ、しん君』

僕は名作を書くための訓練として、変人を目指す。けれども、大恩人な後見人のお叱りを受け入れられないようでは、それは変人ではなく悪人だ。僕は僕で、そのようにして、自縄自縛の呪いから解き放ってもらった。

「……お？　あっち、何か賑《にぎ》やかだね」

「あぁ、道の駅だ。そっか、このあたり米も野菜も作ってるし、近くにはキャンプ場もあるんだっけ。直売所はそりゃ欲しい。……この匂い、コロッケだね。くそ、こんな時間になんて暴力的な。釣られるしかないじゃないか」

波見さんのおかげで僕は【書かない時間】を受け止められ、そして今度はセンセーとして、ちょいと理屈は違っても、同じものを授けている。……締め切りはヤバいが、この一日が惜しいとは思わない。

創らない時間が、創る時間を生む。

気力の回復もそうだけど、僕らは結局どうしたって作家で、生きている以上は体験をする。【学ぼう】【作品に生かそう】、殊更に意識しなかったところで、自然と蓄積されるモノがある。感じ・思ったことは、たとえ忘れてもなくならない。思い出せなくても心の根っこの養分となって、無意識に作品への影響を及ぼす。

現実逃避のぶらり旅は、一片足りとも無駄にはならない。大作家のお墨付きだ。

——昔。執筆が捗《はかど》らずに苦しんでいる父を、無理矢理遠出に連れていってとせがんだ。手を繋《つな》いで行ける隣町の散歩くらいだったけれど、帰った父は僕を寝かしつけた後で猛烈な量の原稿を仕上げた。次の朝、気晴らしのおかげで原稿が進んだと感謝されたのを、今でも……あの時の、嬉しくて誇らしい気持ちを、覚えている。

りやなさんにも、今日一日の立ち止まりが、これからの助走になって欲しい。

少し休むのも書けないのも、気に病まなくていい……僕は、帰りの電車の中で、説教にならない程度にそんなことを言おうか、くらいに思っていたのだ。

その問題を、改めて意識してしまうまでは。

「……はふ、はふっは。あっ、熱くて、ほくほくだ……！　こういうのって自炊だとあんまり味わえないし、スーパーの惣菜とかでも難しいから、見かけるとつい買っちゃうんだよな。うんうん、大当たり……！　どう、りやなさん」

同じものを同じように食べて、感想を言いあう。それだけの、何のことはない確認。

何気ないからこそ、浮き彫りになることもある。

「その顔。シンタローは、美味しいと感じたのね。気にいったのね」

秋晴れの空、畦道を三十分歩いてたどり着いた道の駅、屋台で買った揚げたてコロッケを頬張って。

そんなごく普通の日常で、あらわになる。

「じゃあ。わたしも、美味しいと感じて、喜んだら、嬉しい？」

一緒に住んで、共に過ごした。

彼女についてわかったことがある。ヘタレなところ。ずる賢いところ。調子のいいところ。調子にのって失敗するところ。

彼女の、最初に会ったときから、変わらない認識がある。

時折、この世のものではないみたいな、遠く離れた、おそろしい顔で微笑むところ。

「そういうの、よくわからないけれど。わたしは、きみがきもちいいわたしでいるわ」

揚げたての、熱々のコロッケを、小さな口が頬張った。

一連の動作は上手いものだが、細かな部分が足りてない。かじった断面から湯気の立つほどの温度を含みながらまったく平然と、嚙《か》んで、嚙んで、飲み込む。

「わぁ、すっごく美味しい！　このお店、わたしも気に入ったわ、シンタロー！　うちの近くにもあればいいのに！」

ときめく笑顔、演技くささなんてないはしゃぐ声。だから、直前の台詞とか、本来人なら感じるべきものをまるで感じていないちぐはぐさが、どこまでも歪《いびつ》に持ちあがる。

「……参るよねえ、うん」

「そうだよね！　作りかたと材料、教われないかなー！　お芋の甘みの優しさにごろっとした粗さの食感、どうにかして体得するぞー！」

五感に触れていないわけではない。ただ、その価値に対する鑑定が省《はぶ》かれている。

僕は今さら、根底を揺るがす間違いに気づく。軽い気持ちで『書き方を教えよう』とうぬぼれた相手は、ただの作家の卵じゃない。

人とは別種の感性、判断基準の形成された――作家の卵である前に、リャナンシーという妖精なのだ。

「あのー、すみません、おじさん！　不躾《ぶしつけ》な質問なんですけど、これって、どうやって作ってるんですか⁉　ちょっとだけ、教えてくれないかなーって！　えへへへへ！」

屋台に突撃するりやなさん、若い女の子にグイグイこられて満更でもなさそうなおじさん、二人のやり取りを聞きながら、僕は小さく天を仰ぎ、呟《つぶや》いた。

「……僕に一体、何ができる？　こうやって作るんだって、何をゴールにして、どこから教えりゃいいんだろ……」

【〆】

そもそもの疑問があった。

妖精リャナンシーは、北欧アイルランドの存在だ。

それがどうしてこの日本、海も距離も遥《はる》かに隔《へだ》てた国に現れたのか。

「遠く、遠くへ来た理由？　ぷぷぷぷ、やぁだ、そんなのもわかんないのシンタロー？わたしが旅をするなんて、そうして欲しいって言われたからに決まってるじゃない！」

木陰に座り、笑って答えたりやなさんの発言を裏付ける証拠は簡単に見つかった。スマホで検索した、フリーの電子百科事典に載っていた。

彼女が以前口にした名前、その最初……チャールスは、おそらくアイルランドの芸術家、詩や絵画など多方面にわたって数々の作品を残したチャールス・オブライエンだ。

彼は若くして才能を開花させるも、十九世紀に起こったジャガイモ飢饉《ききん》を機に一八四八年に移民としてカナダへと渡り、そこで二十七年の生涯を終えている。原因は激変した環境による心身の衰弱とされているが、もしそこに彼女がいたならば、事情が変わってくる。

「……じゃあ、りやなさんは」

「どこへでも行くわ。何でもするわ。愛する人の望みなら！」

そうして、二百年に及ぶ遍歴《へんれき》が始まった。

どういう経路を辿《たど》ったのかは、彼女が口にした名前を追えば見えてくる。数奇な運命に導かれ、アイルランドからカナダへと渡ったリャナンシーは、行く先々で新たな愛と出逢って結ばれて、蜜月の果てにまた次へ。次へ。次へ。次へ。次へ。

いくつもの人と土地と物語と生きると死ぬとを渡り歩いて、彼女は今【りやなさん】として日本の片隅、櫛野代丘陵公園で、秋麗《しゅうれい》の夕日を眺めている。

「わたしはみんなが紡《つむ》ぐものが好き。うた、おと、かたち、いろのまじわり、ものがたり。わたしがそれを喜ぶと、愛する人も喜んで。こんなふうに丘の上から、回る時間を見下ろして。ラ、ラ、ラ、ラ、ル、ル、ル」

快《すこ》を語る。健やかな声が風に乗る。そこに嘘はない。ただ、逃れられないズレがある。

「りやなさんは、父さんと、どんなふうに出会ったの？」

「えぇ～っ⁉ シンタローってば、わたしとサクノのことが気になるのぉ？」

「悪いかな。話したくない？」

「とってもいいし、話したい！　あのねあのね、わたしが次の愛に移るのは、前の愛を見送って、びびっと来る人を見つけたとき！　中々ツボなのが見つかんなくて、ヴェンが最期に描いてたいちばんの傑作、わたしも大好きなお気に入りの絵を見ながら、来る人来る人品定めしてたのね！　そこをちょぉ～ど通りかかったのよ、サクノが！」

僕は話を聞きながら、彼女の抽象的な表現を頭の中で変換する。

……はじまりの恋人が十九世紀アイルランドの詩人チャールズ・オブライエンなら、父の前についていた相手が、画家のヴェン・ゴーゲルだ。

アメリカで開かれていた彼の個展は急逝《きゅうせい》を受けて追悼《ついとう》を兼ねるものとなり、予定の十数倍もの客が訪れ会期も二度延長されたらしい。

その二度目の延長時期と……父が、大学時代に世話になった英文学の教授に頼まれ、手伝いに渡米した時期が一致する。

「そこでばっちりひとめぼれ！　結構長い間住んでた土地だったけど、愛に大切なのはどこにいるかじゃなくって誰といるか！　りやなさん、いざ来日なのでした！」

帰国後の父は、手伝いをした教授から「余っとるし使ってくれや。住まんでも、仕事場くらいにすりゃあええ」と太っ腹に譲り渡されたということで、件《くだん》の郊外の古民家に通い出す。

後は、ご存じ早瀬桜之助大進撃のはじまりはじまり。評価の嚆矢《こうし》、【クロノスタシスの水平線】出版である。文芸誌のインタビューでは、四作目で開花の理由を直前の渡米経験が刺激になったのではと尋ねられることが多かったが、実際真実を射ていたわけだ。

「りやなさんは結構長いこと日本にいるんだね。どう、慣れた？　合わなくってつらいとかない？」

「何に？」

「文化とか生活とか。何ヶ国も移り住んできた相手に言うことじゃないかもだけど」

「ふふ。やっぱりおかしなこと聞くねえ、シンタローって」

こちらを小馬鹿にするように笑う。そういうしぐさや、出逢ってから向こう、彼女は僕の理性が何度も危うく負けかけるほど好みド真ん中の姿で、それとは別に『意地でもこいつの世話になってやるものか』と頻繁に決意を新たにさせてくるムカつく奴で、何かにつけて人間臭い。

でも、やっぱり、忘れてはならないのだ。

彼女が、本当は何なのかを。

「わたしは、しあわせ。何処《どこ》にいても何をしてても、愛があるから。愛する人の創り出した素敵があれば、わたしは足りてる。恋に焦がれて恋して燃えて、それで全部が十分なの。わたしも、わたしが愛した彼らも」

秋の夕日が焼けている。丘に差す紅《あか》い橙《だいだい》が、彼女の頰を染めている。それはとても幻想的で、この世のものではないみたいに美しい。こんなにも明るくて眩《まぶ》しいのに、誰《た》そ彼《かれ》を問いたくもなる妖《あや》しさよ。

その実感が、僕にふと、自明のことを気づかせた。

「……そっか」

りやなさんは言った。自分は幸せで、十分だと。それは、自分の恋人たちも同じだと。

そこには満足しかない。己がしたことへの後悔も、別れを続けた寂寞《せきばく》も、駆け抜けて終えた相手への罪悪も、一片の申し訳なさすら感じられない。自分が愛し尽くした男の、その、息子に向かってさえ。

「君は、そういうものなんだな」

リャナンシー。自分の愛を受け入れた相手に芸術の才覚を目覚めさせ、そして、絶頂のまま完結させる妖精。人とは、何処までいっても違うモノ。

僕はきっと、いくらかの権利がある。彼女の行動で少なからず影響を受けた、取り返しのつかないものを奪われた人物としての権利だ。

都合よく誰もいない丘の公園。彼女は無防備に柵に腰掛けている。その下は、転げ出せば止まれないだろう急な斜面と、硬いアスファルト。

——ごく自然に。魔が差すように。僕の頭に、ある考えが思い浮かぶ。

(……おいおい、マジか)

それは、思い浮かんだのが恐ろしくなる発想。でも、あるいは今ここで、このタイミングでしかやれない、明日木青葉のやるべきこと、やらなければならないこと。

(……そんなこと、するのか。やれるのか、僕に)

破るなら、劇的でなければ無意味だ。なら、断固として今だろう。周囲に目撃者がおらず、これから起こる出来事が発覚して出版にも影響しない、秋の逢魔《おうま》が時《とき》にこの方法に気づいた自体が天の采配、運命の僥倖《ぎょうこう》。二つを同時に解決できるかもしれない好機など、二度はあるまい。

あと必要なのは、ほんの少しの覚悟だけ。

僕自身の、ちっぽけな恐れをどうするか。

「……センセー？」

沈黙に、彼女が怪訝《けげん》な眼を向ける。これから何が起こるのか知りもしない反応が、あんまり無防備で無垢《むく》な子供のようだから、決めたくもない覚悟が決まってしまう。

そうだな。今、彼女が見ているのは、彼女を見ているのは、僕だけか。〝次〟も〝他〟もあるだろう……なんて、都合のいいこと夢にも思うな。

知ってるよな、明日木青葉。今日生きている人物が、明日にも死なないでいてくれる保証なんてないんだよ。

やるべきことはやれるときにしかやれない。

だから、〝今〟で、〝僕〟なんだ。

「りやなさん。君は、僕がしてほしいと言ったら、それをしてくれるんだよね」

「うん！　当然じゃない、だってわたしよ！」

「心強いね。じゃあ、頼むよ」

赤い、赤い、夕日が眼に入って痛い。

それに引かれるように手を伸ばした。身体も伸ばした。足を地面から離した。

「今から僕を、絶対助けちゃだめだからね」

「……うん？」

何を言われたのかをわからない、という彼女の顔を見ながら。

僕は。

柵を越えて、斜面へと身《いのち》を投げた。

それからの数十秒を、ちゃんと認識していない。伸びた草の上をごろごろ転がっている間は目を開けていられなかったし、勢いのまま段差から投げ出される瞬間の浮遊感は、摑まる当てと後の保証がない分だけジェットコースターの比ではなかった。

確かなのは、アスファルトには叩きつけられずすんだこと。

僕を抱き留める、りやなさんの腕の中で、法定速度すれすれをかっとばしていく車を見送ったこと。

「なに、やっ、てるの？」

りやなさんは、唇を嚙んで、強い抗議の眼差しで僕を見下ろしている。

最初の書斎や保健室で見せた、ああいう『出たり消えたり』の応用みたいな芸当……別の場所に現れる、をやってくれたわけだ。先回りしてくれたのだ、落下点に。

「あっ、あぶ、それっ、っだ、ばかシンタロー！　なに⁉　なになになんでこんなことしてるわけ⁉　ショートカットでもしたかったの⁉　絶対見たい放送でも始まる時間思い出したとか⁉　だとしても違うでしょ、キーボードも叩けなくなったらどうやって書くつもりよ、わ、わたしのためにも大事にしなさいよねその身体！」

「いやあごめんごめん、僕、変人志望者だろ？　夕日を見てたら魔が差して、突然奇行に走りたくなったもんで。でもさ、最後の文句だけは心配ないよ」

「……はぁ？」

「これでどうにかなる。今のりやなさん、執筆に詰まらないようになったからさ」

「は、はぁ〰〰〰〰っ⁉」

心底理解できない、と叫びをあげる。僕はりやなさんに下ろしてもらい、身体の各部をチェックする。……いて、いてて。打ち身や擦り傷は多少あるけど、軽い軽い。風呂は怖いが、執筆には別状がなさそうだ。

どうやら。僕は、望みうる最善の形で、一世一代の大博打《おおばくち》に勝ったらしい。

「いい時間だ。上に残した荷物、回収して帰ろう」

「待ちなさいって！　わたしまだ何にも納得してないんですけど⁉　というか、フォローしてあげたんだから、お礼に原稿書いてもらってもいいんじゃないかしら〜！」

「却下。感謝してるけど、それとこれとは話が違うよ。まあまあ、後でわかるって。その時は君、僕に感謝のひとつもしたくなるぜ」

「な〜ら〜な〜い〜か〜ら〜！　ああもう、家になんて帰りたくない、原稿に向き合い

たくな～い！　せっかく、気晴らしできてたのに～っ！」

特大のぼやきを背中に受ける。僕はよしよし、と内心でほくそ笑む。

その感覚がわかったんなら立派な作家だ。

そんで、休みに味をしめて、もう書かなくてもいいよね、って気になっても……気づいたらまた原稿に向かってたら、もう沼に嵌《は》まってるよ、りやなさん。


【〆】


丑三《うしみ》つ時《どき》に戸が鳴った。

明日は学校、おでかけの疲れでぐうすか眠っていた僕は眠りから引き上げられる。

頭は半覚醒だけれど、何事かとは思わない。こうなるだろうと、予測はしていた。

「書けた」

顔を突き合わせて開口一番、りやなさんは呆然《ぼうぜん》と言った。廊下に立たせっぱなしもなんなので、布団の上に座ってもらう。彼女は大きな身体を折り畳むように正座する。

「書けた。書けてる。筆が進んでるの、今」

「うん。だろうね」

小さくあくびをしながら答えると、彼女が肩を摑んでくる。興奮からか、息が荒い。

「わたしをどうしたのよ、センセー。なんでわたし、書けるようになってるわけ⁉」

「ははっ、気分転換の成果だ。ずっと閉じ籠って書いてたら、人だって妖精だって気力も尽きるって。気持ちいいリフレッシュ、適度なブレイクがなくっちゃあ作家なんてやってられないよ。うんうん、いい教訓が知れてよかったねえ」

「センセー！」

自分に起こった変化が、これまでの彼女――少なく見積もっても約二百年の存在で初めてであっただろうことは、大きな困惑と恐怖さえ混ざった叫びで伝わった。

「言ったろう。気分が変わったんだ、りやなさんは。書く技術が上がったとかじゃない。そっちはもうとっくに、僕には教えることがないくらいには肥えてるから」

「気分……って。そんな、ことで……」

「大事だよ。それは、何よりも」

どれだけ優れたエンジンがあっても、そのためのエネルギーがなければ、作家の筆は走れない。気分とは、本来あるものが十全に活動するための要素で、ちょっとした気づきによる考えかたの移ろいでも変わる。

「りやなさん。君がそこまでは書けた、前進の壁だった最後の文章はこうだ。『不機嫌な従姉妹《いとこ》をなだめるべく青年は工夫をこらした』。その前文の繋がりから、君は次に青年が何を考えているかを書こうとしていた、そうだよね？」

彼女は頷く。では、その次からがなぜ、どうしても書けなかったのか。

「そりゃ書けないさ。物語ってのは最終的に、登場人物の、他人の在り方を想定《シミュレート》するものだ。孤独と共感を混ぜ合わせて、愛してもいない相手のことさえ深く緻密《ちみつ》に想像しなくちゃあいけない。それが誰で、何でどう喜ぶかを、問われず求められず望まれずに察する……それはさ、りやなさんが一番、リャナンシー《きみ》としてやってきていないことだった」

ひらめかせた完成図を受注者の感性で補完させるのではなく、神宿る細部をこそ自分の手で作り込まねばならない立場になった時、それが邪魔をした。

「人の心を想像できない。自分の行動は常に、要求されないと決められない。その一途さが、作家としての君を塞《せ》き止《と》める壁だった。半日前までのね」

「わたし――」

「そうそう。言い忘れてたね、申し訳ない」

頭を下げる。顔を上げる。その一言を、頭蓋《ずがい》を貫く弾丸のように口にする。

「あの坂から身を投げた時、助けてくれてありがとう、りやなさん。僕は君に、絶対に助けるなと【お願い】さえしていたのにね」

「――――」

自覚なくやったこと。気づかない間に変わっていたもの。それを悟《さと》ったのだろう。

彼女は呆然とした表情のまま、滝のような量の涙を、目からこぼした。

「――そうか。わたし、あの時……センセーはこんなところでまだ終わりたくなんてない、って、思ったんだ。たぶんじゃなくって、絶対だって。あんなこと、わたしに言っても……言ったこととされたいことが、本当は違うに決まってるって」

りやなさんはふらふらと立ち上がった。その様子は妖しくて危なっかしくて、けれど、今までで一番、踏みしめる足がしっかりしている。

「起こして、ごめん、センセー。すごいこと、教えてくれてありがとう」

「おそまつさま。何、自分のためにやったことだよ。書いてくれ書いてくれってせがまれなきゃ、僕も、自分の原稿に集中できるから」

「――しししし。そっか、そうだよね。んじゃ、お礼はやっぱ、わたしが書きあげる傑作だ。センセーの、なんかあーいうつまんないのよりめっちゃ最高のやつ読ませてあげるから、楽しみにしてなさい」

憎まれ口を叩いて、彼女は部屋を出ていく。

僕は電気を消し直して布団に入ったけれど、どうしてか興奮してしまっていて、中々もう一度寝付けない。

僕はやっぱり、先生なんて柄じゃない。教える内容がどうとか以前に、本当の思惑を話さないようじゃ失格だ。

「自分で、自分の、見たいものが書けるようになれば。誰かの才能に頼らなくてもいいなら――もう誰も、死なせなくったってよくなるよな、りやなさん――」

彼女がリャナンシーである限り、きっと、理解できない悲しさ。そういう存在としての縛り。

誰も彼もが納得した上で結んだ契約……父さんだって、わかった上でやっていたことを、第三者には恨める筋合いも、口出しする権利も無い。

そんな立場のまま、彼女の在り方をつらいと思う僕は、上から目線の傲慢《ごうまん》で——変人にほど遠い、ありきたりの価値観から抜け出せない偽善者には、違いない。

やれやれ。今日はまったく、楽しくって、疲れた。

これはさぞ、僕のほうも、いい原稿が書けそうだ。

転

涙と泣き言

〈1〉

およそあまねく創作者が、他者から、あるいは自分から、一度は聞かれる質問がある。

『あなたは、どうして創作をするのですか？』

些細《ささい》で重大な動機解体《ホワイダニット》に、人類は様々に答えてきた。それ自体が語り草の名文となるものもあれば、かぶり散らかして適当に埋もれるものも星の数。

人は考える葦《あし》という。生きるために何の役にも立ちはしない、いたずらに腹を減らす労力の果てに心を膨《ふく》らませる『創作』を行い、かつその出来栄えに良しだの悪しだのぬかす阿呆《あほう》は、人の他には見当たらずだ。……ああいや、これは修正。最近、妙なのに絡まれてるところだった。

ともあれ。

『あなたは、どうして創作をするのですか？』

ここで明日木青葉《あしたぎあおば》という、木っ端《こっぱ》三流を例にあげてみるとしよう。

『僕が書いているんじゃない。作品が僕に、書かせているのだ』

……あぃっ、あいたたたた、古傷がうずく。デビュー作発売の際に作っていただいた特設サイトに載せた文言は今でもご覧になれますが、ぜひ勘弁《かんべん》してください。

でも、イタいはイタいが芯でもある。『バリバリ売れまくって一躍大人気作家として認知されるのだフハハハハ』と調子こいていた十五歳の僕と、『書かせていただいてありがたいです次こそもっとまともなのを仕上げますので切らないでください』な十七歳の僕で態度は乱高下したものの、大筋は変わらない。

書きたいものが思いつく。出したいものが湧きあがる。なのでそれを、文字にする。

青臭いと言われれば否定できない。少なくとも僕はまだ、執筆と生存が直結していないという意味では、切羽詰《せっぱつ》まりかたが甘いだろう。親の遺産で生活している未成年の新井進太朗《あらいしんたろう》は、書かないでもメシが食えるタイプの作家だ。本を出し印税をもらっていてもほとんどを貯《た》めているし、逆に、印税だけではとてもじゃないが生活にかかる全ての費用を賄《まかな》えはしない半端な状況にある。

生きるために書くバランスは、重くすればいいという話ではない。より強い圧力下にあればより良い作品が生まれるなど根性論的迷信だ。妖怪幽霊枯れ尾花、一刻も早く退治しよう。

——けれど。それでも僕は、創作者の抱く焦熱、煮えたぎるように内心で膿《う》む【負の感情】が作品を穢《けが》すだけだとも、まさか思うわけがない。

作品は、世界の全てを糧として開花する。花びらは鮮やかで幸福な暖色のみが喜ばれるとも限らず、人は時に、深い悲哀の寒色にこそ胸を強く打たれると証明されている。シェイクスピアしかり、アンデルセンしかり、太宰《だざい》しかり……早瀬《はやせ》しかり。

描かれる不幸は、どれだけ陰惨でも娯楽だ。振れ動く感情を楽しむためにある。だから根絶されない。どんな時代でも創る者と、求める客がいる。

創作者に祝福があるとすれば、きっとそれだと僕は思う。

【どんな感情の果てに創られたものだろうと、人を幸福にするもの足り得る】。

逆に言うなら【本人がそれを創る動機など、読者には一切合切関係がない】。

動機。それは作品を味わう側にとって、最もどうでもいい部分。そして……時に作者にとって、何よりも大事な杖。

書き終わった後には必要なかろうと、書いている最中にこそ、創作者《ぼくたち》はそれを必要とする。誰にも頼れぬ、孤独で冷たい活動を、折れず完遂させるために。

たとえば僕は……自分の世界を形にしたい、という衝動の奥、ネット上の特設サイトにはとても載せられない本音として『打倒・早瀬桜之助《さくのすけ》』という念願を持っている。

軽辺《かるべ》先生こと、売れっ子エロコメラノベ作家みずあめぽっと先生であれば、『おれ自身が本心から惚《ほ》れこめる美女《かっこ》（美女という言葉は女性全体を指す尊敬語であり年齢は些末《かっことじ》）を生み続けて、死ぬまでときめきの現役でいたい。それだけだ。申し訳ないね、おれの独りよがりな妄想に付きあわせて』と答え、ファンから『一生先生の甘い夢に付き合います』と称えられた。

創作の動機。それは作品の材料であり、完成への指針であり、辛さを耐える防寒具であり、誰より作家自身に欠かせないもの。

——そして。

その、何よりも心強い旅の友は、最後まで味方であってくれるとは限らないという、そうした矛盾《のろい》のおはなしで——。


【〆】

「いいよね、創作活動《ソウカツ》」
「はぁぁぁぁぁぁっ⁉ ちょぇっ、おまぁっ!」
誤解をしないでほしいのだけれど、新井進太朗が驚愕《きょうがく》したのは何も、何かにつけて自分の推しを他人に書かせようとするモンスターなりやなさんが、悟りを開いたようなことを言い出したからではない。自分の中から〝世界〟を取り出す醍醐味《だいごみ》っちゅーやつが。時に苦しい、ぴりぴり痛い……でも、その先で抱くのよ。この子はわたしが育てるんだっていう温かな思いを。あーこれ、母性だわ。わたし、ママった。そういうわけでセンセー、一
「理解《エウレカ》っちゃった。自分の中から〝世界〟を取り出す醍醐味《だいごみ》っちゅーやつが。

皮剝《む》けたりやなさんに、バブオギャだぁだぁしてもよくってよ……？」

　ろくろ回し仕草はウザったいが、彼女は実際一皮剝けた。気分転換の遠足から半月、執筆はグングンと進み出した。

【他者の心を推察する】やりかたを実践で摑《つか》んだ彼女は猛烈な勢いで打鍵《だけん》し、そして今日、学校から帰った僕をほくほく誇らしげな顔で迎え、全体の半分ほどができあがったと宣言したのだ。

　台所から普段より数段豪華なそそる香りがした理由、帰り道の商店街で噂《うわさ》になっていた【色っぽく交渉され、ついつい値引きしてしまう謎のお色気お姉さん】の心当たりに確信を得るなどし、定めた食費をオーバーせずに豪勢なディナーを用意した彼女をまずは労《ねぎら》って、それからとりあえず『もう沸いてるよ』とオススメされたこともあり、少し早いがこれもよしとお風呂に入ったのだが――。

「ぁぽ、っな、っのね、ぬに……」

　うまくロレツが回らない。湯気が脳みそをふやかす。

　そう広くはないうちの湯船の対面に、お湯もしたたる極上の美女がいる。

　彼女は気の向きかたでランダムに家の中ですごす年齢をシャッフルするが、今日の形態は最年長、色香が漏れ出す、本人が意図的に漏れさせていることは表情から明白な年上モード。あちらもこちらも、おおきい、包容力がある、見ているだけでやわらかい、最大火力の三拍子。

「ど、どぅひ、どぅひへ……」

わかっちゃいても目が逸《そ》らせない。絶世の美女として観測される、リャナンシーの性質がゆえか何なのか、彼女はいつだって心得《こころえ》尽くしている。

全裸ではない。隠すことで効果を高める、実質暗器のタオル巻きでもない。

言うなれば双方のいいとこ取りだ。奔放《ほんぽう》な肉体を隠しながら強調する、マイクロサイズのビキニ。かつ、変身可能な彼女でこそ即座に用意できる——褐色日焼けスキン。

古来よりこんなふうに言う。アキレスはかかと。弁慶《べんけい》は向こうずね。

新井進太朗には巨乳褐色日焼け跡マイクロビキニ。

「ふふ、うふふふふ。効いてる効いてるぅ。ほれほれほれほれ、ほぅれい」

狭い浴槽で身体《からだ》を揺らせば波が立つ。感覚が鋭敏になっている今の僕には、入浴剤で染まった乳白色の波の発生源が立派な双丘であるというだけで大ダメージなのに、加えて刺激は触覚にとどまらない。

視覚を虜《とりこ》にするこの衝撃、僕は作家なので、作家らしく詠《よ》むとしよう。

【　狭湯船　水球はじく　乳島や　谷に沈むも　昇る心地よ　】

「うぇぇぇぇぇん……」

オールツボすぎて、逆に怖くて泣いた。

僕はどうやら、知られざるリャナンシーの特徴を発見してしまったらしい。兆候は見られていたのだが、求愛を拒《こば》まれたリャナンシーは、日を追うごとに誘惑の精度を増していく。ここではちなみに、僕の買っている漫画の傾向や推しキャラ談義によるバレバレの趣味は考慮しないこととする。

「な、何が目的なんだよう……自分で書けるようになってきたんなら、こんなのいらないはずですよねえ……？」

ビビりながら訴える。思い返せば、お風呂を勧められたのも、シャンプーなどを一通りすませて湯船に入る＝浴室の奥に移動するのを待って逃げ場のない状況になってから入ってきたのも、こっちが固まっている隙《すき》に掛け湯をすませて湯船に入り初手で水中で手を摑み逃げられなくしたのも、あらかじめ計画がなければできるわけがない。

りやなさんはとことん誘い受けのスタイルだったが、今夜は本当に今までと違う。

精神的にも衣服的にも一皮剝けた彼女は何らかの妖精的科学反応を知らぬ間に起こして肉食獣と化し、半分は作家としての矜持《きょうじ》から、半分はそういうことにまったく経験も耐性もないせいで手を出せないチキンな僕を狩りに来たとでもいうのだろうか……⁉

「んえー？　そうねぇ、お礼とか？」

湯の中で、彼女は殊更《ことさら》に指をからめる。普段触れあう最も身近な自分の指とは全然違う感触が、手の甲を撫《な》ぜまわす。

「わたしがあんなに書けちゃったのは、センセーのおかげだしぃ。それに……思い出してくれない？　そもそも、そっちとこっちとは別の話だって」

「そっち、とこっち……？」

手を摑んだまま、身体を前に倒してくる。自分が飲んだのが息か唾かわからなくなる。

「わたしが読みたいものを創ってもらうのと……愛してもらって、すごいものを創ってもらって、きみが幸せになる喜びは、違うもの。──ね？　せっかくだし、色々しちゃおうよ、シンタロー……？」

絡めたままの指が、湯船から持ち上げられる。そして彼女は、僕の右手を、その、豊満なふくらみの狭間《はざま》へ誘《いざな》っていき……。

「──だぁぁぁぁぁぁぁぁっ！」

「わぶっ⁉」

すんでのところで、阻止できた。頭を湯船に叩きつけ、くらくらしていた意識を戻すと同時に、強引に指を引き剝《は》がす。

「まだ早い！　まだ早いから！　もう全然だめだから！」

「め、目に入ったぁっ、入浴剤入りのお湯がぁっ……！　もう何よ、これだけお膳立てしてあげたのにまだ駄目なの⁉　シンタローのヘタレ、イクジナシー！　早いってなにがよ⁉　未成年でこそもっとがっつけー！」

「ぼ、僕はなぁっ、まだそういうこと覚えたくないんだよ！　全然作家としても立派になれてないし、それに……りやなさんの作品だって、まだ確認してないんだから！　センセーとしての成果も確認できてないのに、報酬の先払いは違うだろ！」

りやなさんはその言葉を聞いた瞬間、にんまりと笑った。

「ふぅん。じゃあ、わたしが立派に書けてたら、シンタロー、いいんだ？」

「え。いや、ちょ、それはなんというか」

「ふふ。うふふ。先に上がって、わたしのおふとん、シンタローの部屋に並べておくね。今日のお昼、よく晴れてたから干しておいたの。ふっかふかだよ。……どっちのほうがふかふかか、たぁっぷり比べていいからね」

言うが早いが、りやなさんは湯船からあがり、紐水着の尻を殊更妖艶《ようえん》に揺らしながら風呂場を出る。

「……何か、まさか、まずったのか……」

僕はお湯を顔面に叩きつけ、頭が冷静になるまで浴室の天井の水滴を数えていた。


【〆】


モヤりソワる気持ちをパジャマの下に収め、廊下に漂う秋の空気で火照《ほて》りを冷ます。深呼吸すれば浮ついた頭は少しずつ落ち着いてきて、笑いと喜びが込み上げてきた。

「そっか。りやなさん、半分も書けたのか」

『センセー』なんて呼ばれても、僕ができることなんてたかが知れてる。普通の講師がやるような物語の構成、主題、人物配置、設定、語彙《ごい》選択、そういう技術的な面には、問われていないし口出ししない、というルールを設《もう》けた。

これは、僕から見て一定以上の水準を持ち合わせていることと、彼女がそもそも作品を書く理由に由来する。

極論を言ってしまうと、彼女の執筆に【評価】は不要だ。自分の理想像を、自分が楽しむために出力する中で、一般の基準で【巧《うま》く書く】【多くウケる】という意識は何ならノイズになりかねない。

なので、センセーとか呼ばれちゃいるが、僕がやったのは応援者《サポーター》のそれだ。りやなさんときたら忍耐力がへちょいので、うまくいっていようがいまいが基本泣き言を連発する。『代わりに書いて』はエモートアクションめいて連発され、僕も阿吽《あうん》の呼吸さながらに『書くのは君だ』と反射する。無論、それだけじゃ彼女の失われし【書くぞポイント】は回復しないため、そっちに力を注ぎこむ。

「文章についてアレコレはなかったけど、いい手伝いにはなれてる、かな」

いつかのローカル線終点まで行き、みたいな一日規模の休みはなかったが、自宅内で気分転換するにも現代は事欠かない。

雑誌や漫画、実用書に事典を片手にネタ探しをしたり、ゲーム機で熱い対戦を繰り広げ声を張り上げ、動画のサブスクリプションで映画にアニメにバラエティを見たりなどの時間を共有すると、りやなさんはなんだかんだでまたやる気になり、自分で詰まりを突破するアイディアを、爽快な笑顔でひねり出す。

『楽しいねえ楽しいねえ。ガマンがあるから、きっときみとの時間がマシマシで気持ちいいんだねえ、センセー！』

　彼女はどんどん人の文化や、人間の機微《きび》を学習する。……不思議なところでは、こういうのを楽しいと言っておきながら、彼女は一人の時間にそうしたものを楽しんだ形跡が見られない。

　それを知って、薄々気づいた。彼女の〝書けない癖〟はどちらかというと、孤独への耐性の無さだと思う。独りで誰とも関わらず書いている、という状況のほうで限界が来ているっぽい。

【妖精の恋人《リャナンシー》】はその名の通り、独りでいる、というのが弱点で、人恋しさに常に包まれているのかもしれない。

「……はは。何だろうな、この関係」

　リャナンシーは授ける妖精のはずだろう。これじゃ立場が逆転だ。

　──世話を焼くばかりでもないんだけどさ。僕は高校生二年生で、彼女は好みのド真ん中の美女で、同居して書けない精神のケアまでする中では自然とアレコレありますし、それ以前に彼女は誘惑してくるし。……あれ？　落ちたくても誘惑に乗れない、という条件を加味したら、役得どころか拷問では？

「まあ、作家のほうでも、間接的には協力してもらってるんだけど」

　気分転換というならば、僕にこそ。

　近くでがんばっている、同じように創作に取り組んでいる相手がいると意識するのは、思った以上に効果があった。作業時間自体は、独りでいた時期より減っているのに、時間当たりの進みやクオリティに関しては波見《はみ》さんに褒められるほど進歩があり、内心で祝杯を上げたものだ。

その成果が何に由来しているのか。

僕はずっと、緊張感を持っている。

「見せてくれるんだなー、久々に。あー、ワクワクするような、ゾクゾクするような」

櫛野代《くしのしろ》へのおでかけで進行詰まりの解消以来、彼女は僕に中身を見せてくれなくなり、クラウドストレージの共有も解除した。

日にどれくらい書いたかを報告はしても、内容自体は『まだだめー、お楽しみにしてなさいよね！』と焦らしてくる様は、書いている内容を披露したい気分と納得できる状態で読ませたい気持ちの狭間でやきもきしているのが溢《あふ》れ出《だ》していて、それは実に、覚えのある気分だった。

……最初に文章を書きはじめた時、アマチュア以前のデビュー前。父や波見さんに見せようと思って書いていた時期はきっと、僕もああいう目をしていた。と思う。

「……や、いけないいけない。なんだかちょっと、暗くなりそう……」

切ない思いを意図的にカット。そりゃあデビュー前と今では目的も書きかたも変わったかもしれないが、ちゃんと楽しいですよ、うん。……うん。…………うんっ！

「そうそう、読む前からしけた顔してちゃ、りやなさんに申し訳ない」

彼女は工程にこそ不慣れだが、出力されるものに関しては素人《しろうと》ではない。最後に確認した部分も、それまで消した何回かの文章も、引き込まれるものが既にあった。

正直、嫉妬《しっと》を覚えるほどの圧だった。

数百年から生きた妖精。数々の芸術家を導いた存在。それが生み出すもの。——彼女が愛した、早瀬桜之助の、その続き。

人生で一番書けた、彼女と【勝負】をした夜の余熱は、今でもしかと持続している。

僕が今書いている作品が、早瀬桜之助との戦いなら——半端な文字など、読点一つ許されない。

「……心して読まなきゃな。こっちこそ、敗北感で筆を吹っ飛ばされないように」

気分を落ち着け、廊下を歩く。僕はこれから、早瀬桜之助の師匠の作品を体験する。

——湯上りの火照りは冷めて、反対に作家としての熱がこもった。

僕はいよいよ覚悟を決めて、彼女が待つであろう台所へと向かう。

向かって、廊下を歩いている途中だった。

「ヴェぇーーーーーーーーっ！」

すわ新たな怪異出現か、と思う咆哮《ほうこう》が轟《とどろ》いて腰を抜かしかけた。

「ヴぁーーーーっ！　ヴヴぁーーーーっ！」

「なにこれどういう感情から出てる音⁉」

威嚇《いかく》にも聞こえるし警報のようでもある、攻撃であるようで助けを求めているとも取れるきたない悲鳴を無視できず進路を変えた。いい香りただよう台所を後ろ髪引かれつつ素通《スルー》り、小走りで辿《たど》り着《つ》いた部屋の、襖《ふすま》の横の柱をノックする。

「ちょ、りやなさん⁉　りやなさん！　どうしたの⁉」

「ヴァーーーーッ！」

ちくしょう（いつものことだが）会話にならない！　もしかして、伝承にもなかった妖精独自のヤバ発作でも出てたりする⁉　くっ、やむを得ない……！

「ごめん、入るよ！」

緊急時につきプライバシーを踏み越える。

元々来客用寝室だった六畳間は、りやなさんの私室としての生活感が積もっている。僕の部屋から持っていった参考資料に、印刷した作品資料の覚え書きが見やすいように机の上のパーティションに貼られているなど、書き手の空間が形成されている。あと、必要ではないものの食べはじめたらクセになってきた、というお菓子の空き箱やジュースのペットボトルなんかも転がっている辺り、地に足がついている風情《ふぜい》がある。

そして、奇声の発信源は文机《ふづくえ》の席にいた。

「……りやなさん……？」

ノートPCに向いていた顔が、こちらへ振り向く。

泣き顔なんか見慣れてる。それでも今回は、わけが違うと一目でわかった。

号泣だ。大粒の涙はぼろぼろと頬《ほお》を伝い、キーボードへこぼれ落ちていく。彼女はそれに構わない。構っている余裕がないのだ、とわかる程度に、僕は彼女と生活を重ねてきた。これはちょっと、普段の半泣きとか泣き言をいう時のやつとは違う。

「何があったの？」

ひぐ、ひぐ、としゃくりあげる彼女が、震える指で見ていたモニターを指す。

――そこには、このような文章がある。

【☆★★　読めたもんじゃない。自分だけ満足ならいいって陶酔《とうすい》を隠しもしない文章で、展開も痛々しいくらい独りよがり。登場人物の行動はちぐはぐで誰にも感情移入できない。目が滑《すべ》る。序盤で投げた。典型的な早瀬フォロワーのバッドコピー。雰囲気だけは真似しようとしてる感あったな。残念だけど、早瀬は早瀬で足りてるんで、まず身の程を知りましょう（笑）】

　ぴん、ぴん、ぴん、と、点と点が頭の中で結ばれた。

　ウキウキで買い物する美女、料理の仕込みにお風呂の準備、今日の彼女は、かなり早いうち、午前中には一区切りの半分地点まで書き上げたに違いない。夕方に僕が帰った後、行われるであろうやりとりも想定《シミュレート》した。

　そして思いついた。明日木青葉がセンセーをした成果としての、証拠を集める名案を。

　それが今、彼女のモニターに映っているこれだ。

彼女は、半分まで書いた作品を、大手小説投稿サイトにアップした。

「……想像では、絶賛の嵐が来るはずだったんだろうな。それをお風呂上がりの僕に見せつけようと先に確認したところ予期せぬ事態に絶叫した、そんな流れなのだ。

「……序盤で、投げたぁ……？　そんなやつがなんで、有識者感出してんのよぉ……。あんたに、あんたにわたしの作品の、なーにがわかるってんですかぁ……！」

どんどんどん、と畳を叩く手も、叩きつけるというよりやるせなく振り回している。つらい悔《くや》しい腹が立つ、そんな感情がぐるぐる渦《うず》を巻いているのがわかる。

りやなさんがマウスを手に取り、乱暴なクリックでブラウザを閉じる。デスクトップに直置きされたテキストファイルに、カーソルが移動する。

「だったらいいわよわかったわよ、書き直せばいいんでしょ！　こんっ、こんなの全部ボツにして、もっかい最初から、タイトルからネタから練り直して、今度こそっ、あんたがぐうの音も出ないくらい、真似だなんて言わせないようなちゃんとしたのを」

「りやなさん」

データをゴミ箱に放り込もうとする操作を、マウスの上から手を重ねて止めた。

「ごめんだけど、待ってもらっていいかな。それ、まだ僕が読んでない。この半月さ、ずっと、楽しみにしてたんだぜ」

「いい。読まなくていい。読まないで」

視線は睨《にら》みつけるようで、しかも今は卑屈さが濃い。先程までの上機嫌、ハイな感情がまるきり吹っ飛んでいた。

「こんなの見たら、センセーガッカリする。一ヶ月も教えたのに何やってたんだって思われる。わたしのことなんて、二度と好きにならないくらい嫌いになる……！」

それは、はっきりと恐怖だ。愛を求め、恋を乞うのがリャナンシーなら、彼女らには対象からの失望と見限り、【自分はもう決して愛されないことをしでかした】と自覚してしまうことが何よりの絶望となるわけか。

……まあ。そんな理屈めいた分析は、今はそれこそ、どうでもいい。

「ならない」

僕は今、リャナンシーと人間じゃなくて。作家と作家として、彼女の涙に憤《いきどお》っている。

「え……」

「僕は、そんなふうに、ならない。君が何を書いても、それで君を嫌いになんて、なるわけない。駄文書きの凡才作者ってんならさ、はは、僕のほうがよっぽど言われてるんだけど。明日木青葉のエゴサ結果、後で見る？」

ノートパソコンを畳むと、オートでスリープに入る。マウスを押さえていた手は、そのまま指を絡めるように彼女と強引に繋《つな》いで、ほら、と一緒に立ち上がらせた。

「せっかくりやなさんが作ってくれたごはんが冷める。話はそっちでやろう。これからどうするかとかの話も、おなかが膨らんでからすればいいさ。……そうだね、今回はこれ教えとこう。作品絡みでへこむこともあるだろうけど、そういう時こそまず冷静に。自分の作品をどう思うかについて、他人《ほかのだれか》の影響力ってのは強いから、落ち着いて判断するのを意識するのが大事だよ。わかった？」

「……うん……わかった、センセー……」

とぼとぼと手を引いて廊下を歩く。

落ち込むりやなさんは、身体はこんなに大きいし、二世紀は少なくとも生きているのに、まるで、小さな子供みたいだった。


〈2〉


「どっ、しゃーーーーーーーーーーーーーーーーーーーいッ！」

肉体が躍動する。腹から声が迸《ほとばし》り、全身と連動した一本の芯が空を切る。

ぼすん、とボールはバッターボックスの後ろに備えられた緩衝材に受け止められて、地面を転がった。

「んむむぐぐぐぐ！　なにくそまだまだー！　わたしの鬱憤《うっぷん》、なめんなよー！」

来るもの拒まず、挑戦者の気迫に応え、一球当たり約十円、球速八十キロのストレートをピッチングマシンは吐き出し続ける。

ここは我が家から徒歩十五分、バッティングセンター『快《かい》ＬＡＮＤ』だ。田舎特有の余った敷地を贅沢に使い、叫んでも近隣に迷惑が掛からない大型施設だ。赤ジャージに身を包みヘルメットをかぶり、運動用に髪をくくった絶世の美女のはしたなき咆哮は、街灯でも照らし切れない秋の夜の闇に飲み込まれていく。

「どう、りやなさん」

フェンスで区切られた打席の外、椅子に座る僕が呼びかけると、りやなさんは振り向きざまに親指を立てる。

「悪《わる》かない。アイツもそこそこやるようだけど、ちょいとこのりやなさんに手の内を晒《さら》しすぎたわね。捉《とら》えるのは時間の問題、といったところかしら」

バッティンググローブをはめた親指で鼻を拭《ぬぐ》う。あ、この間読んでた野球漫画、主人公と同じ構図で同じ仕草だ。

「はいはい、おかわりね」

二枚の百円玉をフェンス越しに渡す。りやなさんはニヤリと笑い「この演奏を君に捧ぐ」と指揮棒《タクト》を振るようなしぐさをする。今度は主人公のライバルの一人、『快音の独奏者』の異名を持つ吹奏楽部上がりのパワーヒッターがやるやつだな。

料金が投入され、ファンファーレが鳴り響く。りやなさんは意気揚々とバッターボックスに入り「来ーーーーい！」と再びバットを構える。

「まあ、よかった。りやなさんがこっちのタイプで」

用意してくれていた夕飯を半分ほど食べ、残り半分を冷蔵庫にしまった後、僕はりやなさんを半ば強引に連れ出した。この手の落ち込みというかダメージに関しては、向きあわない時間が必要だ。

今のりやなさんは、作家としての精神を深々と抉《えぐ》られている。そこへの意見は本来行われるべき自己検討が機能せず適量以上にきいてしまうし、余計な痛みを過剰に伴うデリケートな状態にある。

そういう時は、本人に考えないでいいと言っても考えることを止《や》めがたい。作品にかけていた思いが大きいほど尚更《なおさら》だ。

なので、無理矢理にでも別の用途で頭と身体を使ってもらうことにした。

「……ちょっとズルもしちゃったけどね」

相手がりやなさんなら、新井進太朗には魔法の言葉《チートコード》がある。

普通に頼んで気をきかせたなんて分かればすねられる可能性もあったが『実は僕、健康的な汗を流す女性、運動後の火照った身体に、たまらなく惹《ひ》かれるんだ』と一言添えればたちまちに、彼女は『それを早く言いなさいよねー!』と運動形態《バッティングモード》にチェンジした。

そういうふうになってからさりげなく『モヤモヤも吐き出しちゃえ』と告げたところ、彼女は力強く頷《うなず》いて打席に立った次第である。

「うがーーーっ! わたし、がんばって、書いたんだぞーーーーっ!」

フルスイングウィズ魂の叫び《ソウルシャウト》。バットは球と触れ合わないが、りやなさんが腹に溜まったものを留めず膿ませずきちんと出せればそれでいい。ヤなものは底に落ちないうちに引き上げるに限るし、余計なことを考えずに頭を休めるのに、疲労は十分な仕事をしてくれる。

二十五球×四セットを終えた彼女が、続きをねだらず打席から出てくる。結局ヒット性の当たりはなかったが表情はとてもすこやか。身体を動かした効果はあったらしい。

……よし。このくらい回復できたなら、いっぺんにすませておけそうだ。

「ふう」

やりきった顔で隣に腰掛けてくるりやなさんだが、何だかいやに、隙間がない。存分な運動で温まった身体の熱はくっついたジャージの二の腕越しに感じられる。

「あー、汗かいた」

「ぶはっ⁉」

二つの動作がさりげなく行われる。左腕で僕の右腕を搦《から》めとり、右手で胸元ぱっつんぱっつんのジャージのチャックを絶妙に下ろす。スポーツブラで寄せられた乳の、汗の玉が浮かぶ御無礼な谷間を、監視カメラを避けつつ僕にだけ覗《のぞ》かせる。

禁断の園から解放された情熱が、肌寒い秋の夜長に白く色づいて立ち昇った。

「うふ。お望みのもの、おまたせ。たっぷり我慢してじっくり作ったんだから、きちんと味わって、シンタロー。ほら、もっと寄って。お互い冷めちゃわないうちに、ね？」

突如花咲く夜半の毒牙。なまじ【健康的な運動後の汗大好き】が方便ではなく本音で、更に知ってか知らずか【お外でヒミツのセクシーチラリ】シチュエーションまで組み合わせるコンボ技が炸裂《さくれつ》し、僕は『ッァ』と歯を食いしばる。待て待て耐えろ、ここは最もセンセーとして辛抱《しんぼう》すべき場面だぞ、新井進太朗……っ！

「――たっぷり我慢、じっくり作った……」

「そうよ。ぜんぶ、シンタローのもの。どこからでも好きに味わって」

「うん。もう、味わわせてもらったよ」

僕はポケットから、スマホを取り出して、画面を見せる。彼女がバッティングをしている最中に読み終えたものを。

「僕に頼りたいのもこらえて、りやなさんが机に向かい続けた成果をね」

「……っ」

緊張が走ったのが、絡めた腕の強張《こわば》りでわかった。それがほどかれようとする前に脇を締め、離れようとした彼女を引き留める。

「あ、あははは、そっか。時間あったもんね。……あー、そりゃなんていうか、あんなものを読ませるなんて、申し訳ないことをさせてしまって」

「ノーコメント」

「………うい？」

りやなさんはぱちくりと、大きくまばたきをする。

「え、それって、どういう……」

「だから、ノーコメント。僕はまだ、これには何も言えません。だって、りやなさんが

最終的に何をどう書こうとしているのか知らないし、書こうとしているものが実際にどう書かれたか読んだわけでもない。どんな判断も早計、それが僕の答えだよ」

以上、彼女の作品を半分まで読んだ上での結論でした。書いているうちに予定がこじれるなんてザラで、立てたプロットの通りに書きあがるなんて、それこそ机上の空論だもの。

作家にとって確かなのはいつだって、〝こう書きたい〟の予定ではなく、書いていく途中いくらでもうねってもがく暴れ馬を、制御したり好きにさせたり、作者の意図を越えて紡《つむ》ごうとする人物たちの躍動を筆の乗るまま任せたりで辿り着いた、数多《あまた》の『ああいうふうにも書き得た』を斬り捨てた果ての完成品、収束された重みだけ。

確定する前の世界には無限の夢があり、確定した後の世界には一つの覚悟がある。どんな作者も怯《おび》えながら、最後の披露に責任を持たねばならないのだ。

「答えが知りたかったら、投げ出さずに書き上げてくれ。でも、そうだね。これは作品に対する評価とは、別な感想なんだけど……ここで止めるなんて、酷《こく》なんじゃあないかなあ。僕にも、これを読んだ、感想を書き込んでもいない別の人にも」

ぱちぱち、ぱちと。彼女はまた、何度も何度もまばたきをした。そこから、目に見えない鱗《うろこ》でも落ちてるように。

「そっか。そっかそっかそっか、そうだ」

りやなさんが大きく頷く。頷くたびにその動作は大きくなる。

「誰が、何を、思ってるのか。わたしに見えてることだけじゃ、ないんだ……！」

――そうだよ、りやなさん。

創作者の多くが、見失いがちな糧。目に見えない、声を出さない支持者の存在。気に入らない、こんなのは駄目だと大声で言う誰かが目立つからといって、その不満は決して、君の作品に対する総意でもないこと。

「うふふふふふ。なーんだ、そうじゃん、しょうがないなあ！」

足に絡む蔦《つた》がほどけたようにりやなさんは笑う。単純、でもあるのだけれど、それより彼女は、普段とぼけているふうに見えても聡明だ。きちんとした理の存在する考えかたは柔軟に受け入れられる。

……少なくとも、ここに一人。自分を応援する相手がいて、完成を待っているというのは、支えになってくれたっぽい。自惚《うぬぼ》れこみで言えば、その一人が、自分が愛されたいと思っている相手だというのもポイントだろ……ってぇ、む、胸っ！　ここぞとばかりに、僕の腕に押し付けてきて……！

「あー、こわかったぁ！　今まであんまり、ぴんときてなかったけど……自分の作品が、理解されなくて認められないのって、こんな、まっくらな気持ちなのね……！」

察する大事さを伝えたばかりなので、僕も、彼女の裏にあるものを察する。くっついてきたのは、いつものアピールというより、怯えだ。汗をかくほど熱を持った身体が震えている。軽口を叩ける程度には持ち直しても、依然、知ってしまった恐怖は根付き、知らなかったころの無邪気には戻れない。

「うん、心底怖い。最初は、書けただけで満足だって思えていたものでも……それが、自分以外は求めていないし大事でもない、あってもなくてもどうでもいいと突きつけられる瞬間は、とてもじゃないけど耐えきれない」

同じ方向を向いていられるうちはいい。

だけどしばしば、結果は動機を食い尽くす。

こんな気持ちになるのなら、あんなこと、しなければよかったと悔《く》いるように。

「僕らは創って外に出す。自分の内に留めておくだけなら、誰にも触れられず最強だった空想を、わざわざ抉り出して地べたに置く。無傷だったものを、風雨にさらす物好きだ。……その風雨がなくっちゃ、作品は、作品と呼べないんだけどさ」

投げるボールが誰にも受けられず打とうともされないピッチャー、誰からもボールを投げられないバッターが、野球選手であるだろうか。

それと同じく、創作者は、生み出したモノが他者に観測されてようやく創作者となる。

認識と認識の間にしか居場所がなく、独りでは決して完結できない。

「ままならないよな。僕たちは独りじゃありえないけど、誰かを必要とするからこそ、違うってことに悩まされる。満足していたはずの場所から、引きずられてしまうんだ」

動機は僕たちを支える。なのに、僕たちはいつも動機を裏切る。

【自分が書きたいものを存分に書ければ満足】と創ったものだろうと、いざそれが責められる瑕疵《かし》のように扱われれば、マイナスは気安く信念を侵食してしまう。『自己満足で恥をかいた、なんて浅はかだったんだろう』……そんなふうに、己を苛《さいな》む呪いへと変色するのだ。

「何を思ってそうするか、なんて当てにならない。時間は一方通行、情報は書き換わる、正しさは常に最新のバージョンにアップデートしておいてください、ってなもんでね。書き始めにどれだけ活《い》き活《い》きしてたかより、読み終えた人たちの中で、作者としてどんな顔をしていられるかが大切なんだろうな。要するに――」

動機を背負って挙句《あげく》に潰《つぶ》されるのではなく、動機にまたがり乗りこなすこと。

廃業するでもない限り、創作者はできあがった作品の、その次も創作者だ。打ちのめされたときこそ、より早い立て直しが課題になる。遠く続けていくためには、動機と心中なんてのが一番馬鹿馬鹿しい……そんなふうに続けようとした言葉が、ふと止まる。

「最初にどう思ってたかより、最後にどうあるかが、大事……」

呟《つぶや》いたりやなさんが、何だか表情を、にまにまと変えていく。なんだなんだ。

「それってぇ！　やっぱりわたしが、わたしこそが、最高で最愛の恋人だったってことよね！　うひゅひゅひゅひゅひゅひゅっ！」

……あー、そう来ますか。このように得ていきますか、自己肯定感。

「創れただけで嬉しくても、認められないのはつらい！　もっと多くに見てもらうため、評判になるに越したことはない！　わたしのやってたこと、えらいっ！」

まあ、ね。そういうふうに考えられますよね、うん。

リャナンシーの求愛を受け入れた芸術家は、大成する。つまりスーパー大人気を得る。

僕がざっと調べた限り、りやなさんが関わった芸術家は世界中に熱烈なファンを生み、過去から現在、未来にまで名を残していくであろう存在となっていた。

「そこは、否定のしようもないな。自分がいなくなった後でも後世に語り継がれるのは、芸術家の到達点といえる誉《ほま》れ、栄誉の極北だよ」

「でしょでしょって！　うふふふふ、りやなさん、すごいっ！　ねねねねねね、センセーもさ、見直しちゃったんじゃないの〜⁉」

「いや別に。だって、りやなさんのそっちの能力には、ずっと一目置きっぱなしだし」

「ええ〜⁉　その割にぃ、全然誘いに乗ってくれないのおかしくな〜い〜⁉」

「そりゃあさ」

口に出しかけた言葉に、急ブレーキを踏み、ハンドルを切りなおす。

「今の状態のりやなさんに、あれこれ努力されるのも楽しいし。僕がりやなさんになびいて、僕の作品を書くのをやめちゃったら、りやなさんと勝負できないだろ？」

「あ、そっかぁ！」

なるほどー、とりやなさんは頷く。

「無駄ってわけじゃない。りやなさんは僕の好みにバッチリだし、明日木青葉は不人気作家だから、売れない恐怖は君より切実にわかってる」

　本当に、魅力的なんだ。りやなさんの人柄も、リャナンシーがもたらす才能も。おそらく、彼女本人が思っているより遥《はる》かに強く、魔性の魅惑を持っている。

　自分の作品が求められない恐怖に、囚われなかった創作者がいるだろうか。一度駄目でも次こそは、と思いながら、心の何処《どこ》かで【自分は永遠にどうにもならない、決して何者にもなれはしない】と過《よ》ぎらずにいられるだろうか。

　最初の作品の後も次の作品の後も、何度か吐いた。立ち直りはしても、這《は》いつくばってもだえ苦しんだ。あの感触を忘れられるわけがない。きっとこれから僕の作品がヒットを飛ばすことがあったとして、消え去ることなどないだろう。

「ただ僕は、作家として変人であれ、って信念を持っててね。売れないくせにプライドばっかり高いもんで、そういうあからさまなゴールを設定されたら、逆にそれ以外を見つけてやろうと燃えるのさ。いやはや、生き辛いことこの上ない」

　生きるのは、辛い。しかし僕は、それでも死ぬより生きていたい。

【誰もが忘れる百の駄作】を書き続けるのが無意味で、【誰もが知る一つの傑作】を遺《のこ》してこそ芸術家の本懐で美しい在り方なのだとしても、僕はそちらを、選びたくない。

「本当よ。センセーは、とてもヘンだわ。素直にわたしに愛させてくれた、サクノとは全然違うわね！」

　胸が唐突に刺されて、僕は一瞬呼吸が詰まる。努めて笑顔で、会話を続ける。

「早瀬桜之助は随分、りやなさんに好意的だったんだな」

「ええ！　才能をあげるから愛させてほしいって言ったら、すぐに名前を贈ってくれて、いっしょに来てって誘ってくれた！　あんなに熱烈だったの、はじめて！」

あえて聞いていなかったことを、ここではじめて聞いた。

父は、最初の最初から、りやなさんがリャナンシーだとわかっていて、連れ帰った。

それは、自分の末路も、最初からわかっていたということになる。

「三作目の後かあ。作家として、自分の底が見えはじめた時期だって、インタビューに書いてあったっけ」

僕が父の全てを知っていたとも、父が僕に、作家としての全てを出していたとも思わない。

今更何も尋ねられないが、明白な事実だけは誤魔化せずに残っている。

父は傑作と引き換えに、寿命を妖精に引き渡した。

独り残される息子より、早瀬桜之助としての、作家としての栄光を、優先して。

「泣ける話もあったもんだ。まるっきり作風と同じだな」

悲しみがあり、痛みがあり、身を切るように、せつない。別れと、その後に残すもの。

本当に気に入らない。この気分が、僕の作家としての動機になっていることを含めて。

「――ま、そういうことだね。僕はとことん、あの人が幸せだと扱う理想とは、解釈違いだから。そっちにしかいけなくなる、君の手伝いは受けたくないんだよ」

僕の父は、最期《さいご》まで父であることより、早瀬桜之助であることを選んだ。

だから僕も、新井進太朗としてよりも、明日木青葉として、立ち向かう。

ノーマルエンドもビターエンドもくそくらえ。自分だけ満足して終わって、後に残される側は知ったこっちゃあない作品なんて、書くものか。

ご都合主義でも嘘くさくても、明日木青葉は、続いていくことの幸せ《ハッピー・トゥ・ビー・コンティニュー》を書き続ける。父のようには、決してならない。

それが僕の、動機《しんねん》だ。

「しっかりやってくれよ、りやなさん。僕は、君が書き上げる作品との勝負を、楽しみにしてるんだからさ」

敵に送る塩とばかりに、自販機で買ったスポーツドリンクを渡す。彼女は望むところだ、というふうに受け取ったのだけれど、表情がなんだか浮かない。

「センセー。わたし、やっぱり、認められたい」

「……へえ」

「最初は、書ければいいって思ってた。自分が見たいものを見たいだけだし、って。でも、でも、あんなふうに書かれてつらくって、センセーに励ましてもらって気づけたけど、そしたらなんでか、もっと余計に……うう、これ、どう言えばいいんだろ……」

もどかしそうな声を出し、両手で持った缶にゆるく額《ひたい》を打ち付ける。彼女自身、湧きあがった感覚に戸惑い、持《も》て余《あま》しているような、そんな様子だった。

「それってさ、足りない、って気持ちでしょ。自分が満足してればいいはずだったけど、自分の満足に、もっと多くの人を巻き込んでやりたくなった。そんなとこじゃない？」

こんこん額を打つ缶が止まり、目線がこちらを向き、ぽかんと口が開いた。

「それ。なんでわかったの？　センセー、もしかして人間じゃないの？」

「人間だからわかったの」

苦笑が漏れてしまう。最初は随分と浮世離れしていると思ったし、今でもその気《け》がないわけじゃないが、りやなさんは随分、作家らしさは持ち合わせてきたよなあ。

「そういうものさ。作家って欲張りなんだ。どれだけ満足しようとしても、できたらできた分だけ足りなくなる。達成の満腹感より飢《う》えが来る。おそろしい話でしょ。楽しい気分でしょ。りやなさん、こっちへようこそ」

伸ばした手の届かない場所も自分の領分だと扱い、得られると錯覚した先にこそ、進歩がある。身の程知らずに拍手を。りやなさんは【ただ書ける】の先に【凄いものを書きたい】と欲した。

僕はセンセーとして、それに応えなければなるまい。

とはいえ、そういう惹きつける心得というのは、僕も苦手とする分野で、うまく教えられる自信が無い。それができたらもうとっくに売れっ子だ。

……………売れっ子、か。

「じゃあ、どうにかしようか」

自信はなくても、困ったことに当てがある。苦渋の決断ではあるが、彼女が変わろうとしている時に、僕だけ尻込みしているほうがみっともない。

スマホを取り出し用件と条件のメールを送ると、驚きの速さで返事があった。

【了承しました。では待ち合わせは今度の土曜、十二時にいつもの喫茶店で。手土産は掌編《しょうへん》一本書き下ろし、あるちゃんとゆーくんのスキマエピを希望です、明日木先生】

うおぉう、と声が出た。相変わらず渋いところつくなあ。そんなドがつくマイナーなとこ持ってくるか、いや作者としては隅々《すみずみ》まで楽しんでくれてるのは嬉しいんだけど、いざ書くとなったら思い出すのが大変で、さしあたってはまず献本参考にキャラ感思い出すところから始めないといけません。

そうと決まればこうしちゃいられず、りやなさんとバッティングセンターを後にする。家まで十五分の道すがら、頭でネタを練りはじめる。起承転結はっきりと、短いからこそ満腹感が重要で、意外性も忘れずに。歩いている時は、考えごとに向いている。

「どしたの、シンタロー？」

口数が減ったのを怪訝《けげん》に思ったりやなさんが聞いてきて、ぼくは慌てて答えた。

「気にしないで。夜風が目に沁《し》みてるだけだから。強《し》いて言うなら、作品のことって作者よりファンのほうが詳しい場合があるよね、とか。ああそれとさ、次の土曜日一緒に来てもらっていい、りやなさん。会わせたい人がいるんだけど」

「えっ⁉　その言いかた、もしかして女⁉　女ね！　ひどいよシンタロー、わたしというものがありながら！　なーんて嘘でーす！　りやなさんは、わたしを愛してさえくれるなら他に愛が飛んでても気にしないので！　ふふふ、むしろいいじゃない、シンタローのイイ相手なら、わたしがシンタローに愛してもらう参考にできるもの！　ね、わたしがその人そっくりになって、アレコレさせてあげるコースもありますが……？」

「ギア入るねえいきなりねえ！　確かに、参考にしてもらいたいってのはありますけれども！」

秋の夜の帰り道、作家モードよりリャナンシーモードでくっついてくるりやなさん。ネタの構想なんてできず、結局帰って汗を流すためにシャワーを浴びて寝かしつけるまでくっつき継続の羽目になった。

「……わたし、ね。シンタロー。早く、きみに、わたしに恋をしてほしい。作品が認められないのは、あんなにつらいってわかったから。シンタローにはそんな気分、絶対してほしくなんてないから――」

彼女は最後、そんなことを言って眠りに落ちた。

やれやれ、複雑だ。

書きかたを教える人間と、霊感を授けようとするリャナンシー。僕と彼女の与え合いは互いの解釈が交錯していて、どうにも一筋縄じゃない。

「妖精と作家の付き合いにしては、ねじれた物語だよなあ、りやなさん」

深い夜の静かな書斎で、僕はノートパソコンを立ち上げる。

彼女が僕を思ってくれるように、僕も彼女のために、今できることをする。

僕たちは、リャナンシーと人間である前に、同じ作家で、仲間だから。


〈3〉


十月下旬、約束の土曜。そういえば、と気づいたのは、待ち合わせの十五分前、りやなさんと連れだって駅前についたバスから降りる直前だった。

「今日はどんなか、聞いといたほうがよかったな」

会うのも久々なのでうっかりしてた。少し考えて、現地についてからでいいか、と決める。文面から推察するに、今回はやりやすいほうっぽいのでそこは一安心。んー、あの感じの言葉遣いだと、そうそう、ちょうど向こうを歩いてる、ああいう委員長タイプだよな。いや、もしかしてあれ本人か？　ありそうありそう、そうだな、待ち合わせ場所のカフェに入ったら声をかけてみようか、な……って。

「っぶほ……！」

僕はむせて立ち止まる。委員長さん（仮）はカフェに入ったが、この時すでに、彼女は候補から外れていた。

テラス席に、なんかいる。

ぶわっとボリューミーな髪が、地毛の黒に足すこと桃・黄・青のカラフル三色で染め上げめでたげに泳ぐ。オフショルダーのカスタムセーラー服にド派手な法被《はっぴ》を羽織《はお》り、ベルトで首から提げたタブレットにタッチペンを走らせながらサンドイッチを食らっていた。

……あれか。あれだろ。あれだよなあ。

違っていてくれ、と淡い期待を抱いたものの、答え合わせは覚悟するより前に来た。サンドイッチを持ってた指をぺろぺろ舐《な》めてるその人が顔を上げた拍子にこちらが発見され、ペン先がこちらを向いてくるくる回る。

意を決する他にない。僕は虎穴に飛び込むくらいの覚悟で進む。

「どうも。ご無沙汰《ぶさた》してます、Lu-XS-pica《ルクスピカ》先生」

「じゃぬん」

挨拶《あいさつ》に返して、タブレットの画面を示される。

キャンバスに描かれていたのは、今期流行《はや》りのアニメのヒロインだ。活き活きとした表情に躍動感あふれるポーズと色使いばかりでなく、服の柄、身に着けているアクセサリまで精緻《せいち》に描かれ、細部に神を宿そうとする試みの熱に一目で刺《さ》し貫《つらぬ》かれる。

「どよどよこれ。いける？　来てる？　ブッ刺さる？　びっくりさせたろ思って、三時間前から来て描いとりましてよ。いやー、ときめき創るとハラ空《す》くなー！」

「いいですね。相変わらずお見事です。目の奥にまで突き刺さってきますよ」

「だろだろー！　お墨付きいただきました迷いなし！」

今しがた描きあげたと思《おぼ》しきイラストを圧縮・変換、ＳＮＳのアプリを開いて『スキキャラその１０１２　ファムダル様は、ヘコまされる寸前のチョーシ乗ってるトキがスキ！』のコメントを添えて、彼女はなめらかな操作で投稿する。

千の【イイネ！】と同意のコメントが押し寄せるまで、一分とかからない。

「いっしっし、日課コンプリート！　お待たせなのだねアラシン、はいコレ伝票と金！荷物片しちゃうからさー、会計《おあいそ》ヨロリロ！」

「ういっす」

受け取ったのは伝票と五千円札で、目を落としてみて目を剝いた。三時間お一人様の滞在で注文総額は四八六二円、ずらりと並ぶ肉肉サラダスープにケーキにサンドイッチ。健啖家《けんたんか》なのは知ってるが、細身な身体によくこれだけ収まったものだと思う。これほどのエネルギーをイラストに籠《こ》めているからこその出来なのか。

「お待たせです先生、おつりと領収書……」

テラス席に戻ってきた俺は、驚くべき光景を目撃する。

「ボクちゃまもね、アラシンＳＰみたいなん連れてきたがなと思ったさ。カッケェじゃんと。決死の覚悟で臨《のぞ》むアラシンも、まなざし鋭《するで》ぇねえちゃまもイカしよるなと。それが話してみたらびっくらだ、ねえちゃまが例の、ボクちゃまの取材に同行してーってかただとは！　つかアラシンに弟子とかできてるなんてさー！　言えよう！　言わないと祝えないだろ！　ボクちゃまも狙ってんだぞその立場！　今考えたけど！」

「あ、あはは。本日はどうぞよろしくお願いします、ルクスピカ先生。明日木先生からは、今わたしに一番足りないものを、一番うまく教えてくださると聞いております」

「なんだと⁉　そうなの⁉　マジかアラシン⁉」

「え、えぇぇぇ……⁉」

ルクスピカ先生は驚愕し、その隣の、彼女より頭一つ分ほど背の高い女性も戸惑いをあらわにして、共にこちらを見てくる。

本日は、いつもの年齢ながら、髪をポニーテールに結んで眼鏡を装備したひかえめ文筆家スタイルのりやなさんが圧倒されている。多分、あの感じは今のスタイルに合わせた演技《ふるまい》ではなく素《す》のやつだ。ごめんなさい。今日こんなことになっているのは知らなかったとはいえ、もう少しちゃんと説明しておくべきだった。

「はい。僕の知り合いの中じゃ、ルクスピカ先生が最も【売り】を創り、【魅《み》させる】作品に長《た》けてます」

「んひひひひ、褒めが過ぎる！」

パチパチペチと机を叩き、これまで能天気に振る舞っていた表情、そのまなざしが静かに細められる。

「売れることに不思議はないよ。売れるの描いてんだから、売れるに決まってるのさ」

その言葉には、尊大さも卑下《ひげ》もない。

ＳＮＳフォロワー数五十万を超える、十九歳のイラストレーター・ルクスピカ先生は、針の穴に氷柱《つらら》を通すような声で述《の》べた。

【〆】

時間を資源とすれば、より少ない消費で遠く高くへ至るモノは、優秀だと査定できる。

そうした基準に照らす時、イラストレーター・ルクスピカは特別だった。

彼女が公《おおやけ》に姿を現したのは五年前で、中学三年への進学を機にスマホを買ってもらえたのと合わせてＳＮＳアカウントを開設、イラストのアップを始めたところからだ。

『また一人、不世出の超絶絵描きが突如浮上した』と界隈《かいわい》をざわつかせたが、現在まで含めて最も反響があったのは、彼女が卒業式のイラストを上げた後の『春から高校生っす！　ラノベみたいな青春やっぞ！』発言であり、返信で四桁の『は？』『嘘でしょ』『冗談が過ぎる』『やめてくれ』が殺到した。

それほどまでに、彼女の創作は当時からプロ顔負けだった。クオリティは元より、毎日一枚どんな日でも欠かさず上げる生産速度と、着眼点が皆を驚かせた。

ルクスピカは、旬を描く。

彼女が描くイラストの多くは二次創作……既存のキャラクターを自分の絵柄で再構成するリスペクトでありファン活動だが、それは決まって、リアルタイムの熱狂を集めるもの、求められているもの、売れているものを描いた。

——これに対し、【人気にあやかっているだけだ】なんて難癖《なんくせ》のような批判もあった。

しかし、それは正しくない。

彼女は、そこまで世間的に爆発していないものも描いた。それは勿論、需要も知名度も今来ている作品には劣り、評価の伸びも確かに悪い。

ただ、それは、上げられた瞬間までの話だ。

彼女がそうしたものを描く時、それは決まって〝これから来る波〟の先触《さきぶ》れだった。賞で発掘される。インフルエンサーから火がつく。口コミにて盛り上がっていく。

それが繰り返されると、彼女が描いたのは偶然ではなく【先見の明】だと認識される。

ルクスピカは、旬を描く？　そうじゃないと誰もが知る。

ルクスピカは、旬しか描かない。

この評価は実績から来る太鼓判《たいこばん》だ。

五十万のフォロワーは、膨大《ぼうだい》な期待に応えてきた事実の表れ。

在学中から雑誌で特集を組まれ、バーチャルボディのデザインなど大手企業の案件も数々こなし、『今、来ている』と名が挙がる。

独特でビビッドでハイセンスな画風は既に、先輩からも後輩からも参考にされる側になっている、誰に聞いても明らかな、これからの時代を担う日本の宝……。

「はふはふ。はふはふはふ」

……わっかんないんだよなあ。そんなすごすごイラストレーターが、どうして僕の掌編なんかを読んでほくほく顔をしてるんだか。

いや、読むのはいいんだ読むのは。そういう約束だったし。でもね、シチュエーションってのがあるでしょう。

書きあげたテキストを送ったのは昨夜午前二時ほどだったが、何故《なぜ》か彼女はそれを今、わざわざ目の前で確認するという最上級の羞恥《しゅうち》プレイを始めたのだ。

一度清算したが再び座りなおすことになった喫茶店のテラス席、手持ち無沙汰の緊張感は波見さんを待っている時とも違う。それも当然、編集さんによる確認はこれから直すもの、読者に読まれるのは最終形としてのもの、段階が違う。

プレッシャーがきつすぎて、注文したジンジャーエールがよく進む。

「ひゃはは、こう来るかいアラシン。おーおーおーおー」

目の前で自分の作品を読まれるのは慣れないし、ちらちら見てくるのがまた拍車をかける。ルクスピカ先生、もしやこの羞恥プレイまで含めた上での報酬ですか？

「いいじゃないのいいじゃないの、この、客席に一回も目配せしないかんじ。硬派？不器用？　ねーなんて言う？」

「い、いいから早く読んでください……！」

「ほいほーい。んひ、かーわいっ」

くうう、せめて彼女が別モードならちょっとはマシだったものを。

ファンの間で有名な【ルクスピカ七変化】という言葉がある。

彼女はその時にハマってるもの、自分的イケてるランキングの影響で、立ち居振る舞いの大とっかえを行うのだ。

正体が特定されづらいというメリットもあるが、人付き合いで困りまくるクセなのだけど、それで立派に通用しているのが流石《さすが》の腕というところ。社会は時として、代えのきかない技術の前に屈服する。

この間まではおそらく落ち着き強めな優等生モードだったのは、メールの文面から推測できる。せめて、せめてこの休日までは持ってほしかった。

「ごちそうさま」

タブレットを手作り《ハンドメイド》ホルダーにしまい、ルクスピカ先生が両手を合わせる。

「これぞアラシン、なオハナシだったねい。だーれのためのハッピーなんだか、うひ」

「ご満足いただけました？」

「またまたぁ。ボクちゃまが満足してみろ、なーんにも手がつかなくなるぞ。ま、でも、いい味だったぞよ。くるしうないぜ」

「あの」

しず、と手を挙げて意見するのは、文系モードのりやなさんだ。

「お二人は……明日木先生とルクスピカ先生は、どのようなご関係なんでしょうか？」

「およや？　なになにアラシン、言ってない？　ボクちゃまとキミのただならぬ間柄《あいだがら》」

「……付き合いのあるイラストレーターの先生とは」

「かーっ！　はぁーっ！　そんな他人行儀な言いかたがありますか！　一目惚《ひとめぼ》れした相手の前で！」

「ひと……⁉」

「あー、流して流してりやなさん。この人いま適当なことしか言わないから」

「ほらそうやってわかってること言う！　アイしてるぜー！」

むちゅむちゅっちゅ、とわざっとらしい投げキッスを放ってくる、歳は上だが背は僕よりも低い、しかして人気は逆に天と地ほども差のあるイラストレーター。

「……デビュー作の出版時、記念で行われたけど総来場者十人強とかだったサイン会に、わざわざ来てくれてたんです。ファンだってことは、さすがに疑いませんけどね」

「あ……！　それじゃあルクスピカ先生、明日木先生の作品のイラストなども？」

気づいた、という感じに問う文系りやなさんだが、僕は先生にそっと目線を送る。

「描かないんだよなあ、この人」

「描かないよ？　だってさあ、アラシンのやつ描いても皆に喜ばれないもんね！」

「ハハハ、ソウダネ！　ソウダヨネ！　……そうだけど、オブラートとかさあ……！」

おうおう、ファンのくせにサクッと突き刺してくるんだよな自称ファンの大先生。

「……えっ、と。質問してよろしいでしょうか？」

「オッス何でも答えるぞ！　ボクちゃまを消す方法以外ならな！」

「ルクスピカ先生は、どういう目的を持って、イラストを描いておられるんですか？」

「売るため」

ずばり、はっきりと言い切る。

「ボクちゃまが描くのも投稿するのも、第一に自分の価値を示して、世界に認めさせたいから。絵を描くのはボクちゃまにとって自己表現の手段であり人的価値の証明さ。その目的の道中に、誰かの喜びっていう景色が広がってるに過ぎない。これをまとめると、ほら。【売るため】がいっちゃんわかりやすいよね？」

主語を足すなら、【創作物を】ではなく【自分を】だ。

彼女のキャラはフラついているが、その芯は、知り合った時からブレていない。

「アラシンに聞いてるトコじゃ、ねえちゃまは【売りかた】が理解《わか》りたいんだな。んじゃさっそく、参考でも見させてあげよう」

「参考……！　そ、それって、秘訣《ひけつ》でも教えてくださるんでしょうか？」

「おうおうその通りだともよ。ではついてまいれ、今からお買い物に出撃する！」

「はい！　……はい？」

首をかしげるりやなさん、笑いながら歩いていくルクスピカ先生。

僕たちが導かれたのは、ここいらでは一番大きい駅前の総合書店だ。どちらを向いても本・本・本、溺《おぼ》れそうな量の世界と、それを手に取っていく誰かさんたち。

「いいねぇそわそわしますねえ。電子は電子の利点も魅力も山ほどあるが、本を本として摂取する魅力は、人類文化で未《いま》だしっかり健在だ。絵も文も画材やインクを用いられればそれは造形、立体で、かたちがあるということ、手で触れられるというのは、それだけでオンリーワンの意味があんのさ」

芸術書・図鑑のコーナーで手に取った本をめくってうっとりするルクスピカ先生は、値段を見て絞った雑巾《ぞうきん》みたいな顔を浮かべるも、『一期一会《いちごいちえ》一期一会。また次に、あると思うな専門書。プレミア価格で何度泣いたか』とカゴに放り込む。

そんなふうに買い物をしているだけではなかった。門は突然開かれる。

「さて、クエスチョンだよんねえちゃま。今ボクちゃまはこれを、どういうふうにお買い物カゴに突っ込んだでしょうか」

「えっ」

「ちーにゃーみーにー、見てなかった、なんつったら取材はここでジエンドするんど。【売りかた】を知りたいつっといって、その山盛りヒントな【買われかた】の実演を注意深く見ないなんてのはさ、そりゃあちょっと、ノロすぎるってもんだわな」

冗談のような表情、声、仕草だが、彼女は本気で言っている。

「ボクちゃまねー、別にヒマではないんだす。人間何年だか知んないけど、限りがあるのだけは絶対絶対確かでしょ？　人生にあと何枚満足にこの手が描いていられるか、いつもいつも怖くて怖くて怖くてたまらないんだわ」

かつて、あるインタビューにて彼女は『夢は生涯現役で、苦手なのは時間の浪費』と答え、その理由を『描きたいものを描けずに死ぬの、怖いんですよね』と語った。

『この一瞬のサボりが、死に際の後悔に繋がるかもしれない。あと一秒手が動けば完成したものが、画竜点睛《がりょうてんせい》を欠く未完で遺るかもしれない。あ、これ、そう遠い話でもないですよ？　だって人って、寿命じゃなくてもあっさり死ぬんで。うへへへへ、我ながら病気だなー。そこらへんに永遠の命落ちてねーかなー』

軽薄《けいはく》なのは表層だけで、それ以外は全部重い。思想も覚悟も要求も。

現在十九歳の未成年。それでもルクスピカ先生は、常人とは異《こと》なる生の密度を心得て生きてきた。

【絵描《えが》く】ことにとり憑《つ》いた怪物は、十倍以上を生きてきた妖精に突き付ける。

お前は己の時間を、漫然《まんぜん》とドブに流していないか、と。

「ねえちゃま。あなたの考え、聞かしておくれ」

——果たして。

りやなさんは、口ではなく、足のほうを動かした。

何をと思い、すぐに気づく。それは、ほんの少し前のこと……棚の前で、本を手に取り、中を読み、カゴに入れたルクスピカ先生の動きを、再現《トレース》したのだ。

「わははっ。よく見てるねえこっ恥《ぱ》ずかしい、と赤面しちゃいそうなパントマイムだけどさ。『どういうふうにカゴに入れたか』の答えが、それってこたぁないよねえ？」

「はい」

動作を終えたりやなさんは、ルクスピカ先生のほうに向きなおって話す。

「思うに。先生がその本を買うと決めたのは、ただの偶然です」

「……！」

「アラシン」

思わず反応しかけた僕を、ルクスピカ先生が薄笑いで制す。

「今、指導役の優先権はボクちゃまだぜ。……偶然ねえ。それはつまり、たまたま通りがかったから、でいいのかな？」

「付け足させていただきます。たまたま通りがかり、それを見つけ、中身を確かめたのち、買うに躊躇《ちゅうちょ》するだけの理由がありながら、それでも購入に踏み切った、です」

「小学生の読書感想文かにゃ？　見たまま全部起こったこと並べただけだよ」

「購入とは、偶然と必然の流れであると感じました。偶然とはすなわち、どれどんな理由があろうと、〝それが在《あ》る〟ということをまず知ること、出逢うこと。必然とはつまり、出逢った魅力が本人にとって、これを手にしたいと感じるか否《いな》かの誘因《ゆういん》だと」

カツン。ルクスピカ先生の爪先が、書店の床を鳴らす。

「聞こう」

「その本を目的として訪れたわけではない、というのは、この場所を一度過ぎ去ろうとしたことから分かります。あなたは目に留め、足を止め、中を見て、気に入った。片隅に陳列されている本に描かれていたものが趣味に合っていて、だから得ることで失うものの大きさも許容された。つまり――」

りやなさんではなく、リャナンシーの喋《しゃべ》りかたを続けていた彼女が言葉を止めた。眉を寄せ、目を半分閉じ、唇《くちびる》を噛《か》む、霧を掴もうとしているような表情。自分の中に浮かんだ答えを、言語化しようとしている仕草。

その中から出ようともがいているものを、ルクスピカ先生は待っている。

「――魅力とは、本質的に対象の側、外にあるものではなくて。誰しもが内に抱える、〝それを欲する理由〟が刺激されることで、手に入れたい、と、そういう気持ちが生まれるのでは、ない、でしょう……かひゃぁっ⁉」

恐る恐ると紡がれていた回答の最後が跳ねる。

原因はもちろん、りやなさんに思いきり抱き着いたルクスピカ先生で、突然の珍事にりやなさんも「あぁぁぁの、せ、先生……⁉」と戸惑っている。

「わ、わたしの思ったの、間違ってましたか……失格でジエンドでしょうか……⁉」

「アラシンー」

そっちの質問には答えず、ルクスピカ先生は自分よりでっかいりやなさんの腹部につむじをぐりぐり捩《ね》じり当て、満面の笑みで言う。

「おまえすっごいの連れてきたなあ！　ずるいぞ！　こんないい子、ボクちゃまにだってかまわせろよぅ！　ぽんぽんうりうりぽんぽんうりうりー！」

「わひゃひゃひゃひゃひゃひゃひゃひゃ、あ、ありがとうごじゃいましゅ……⁉」

……珍しい。りやなさんが翻弄《ほんろう》されている。

何にせよ、お気に召していただいたようで……僕は、ほっと胸をなでおろすのだった。

【〆】


本屋は始まりにすぎなかった。

ルクスピカ先生の【学ぼう欲しいものツアー】は、いくつもの場所を巡《めぐ》る。

「売れるものはなぜ売れるか。それは、そこに価値があるからさ。正確に言うなら、その品に価値を感じたとき人は手に入れたいと思う。当然だよにゃん。限りあるお金をわざわざ使って、いらねーもん買うやつぁーいねー」

例として、ルクスピカ先生はスーパーに寄った。

まっしぐらに向かったのはお菓子売り場、有名メーカーの定番板チョコを手にとって、パッケージを顔の横に添えて笑う。

そのまま広告にでもなりそうな笑顔だ。

「食品なんて最たるもの。生きてりゃハラが空く。なもんで誰でも必要だろ？　そういうのを売る商売ってのは、生物の規格っていう流れに相乗りしてるんだねい。その中で、甘いものがほしいとかって細かな需要に合わせられれば、もっといい」

お次に向かったのはスポーツ用品店。

先生は自分の二倍はでっかいサーフボードを眺め、つるつる撫でる。

「売るってのは、水辺に例えるんならサーフィンだぜ。乗るべきものは理由なく現れやしなくって、やってくる波が立つ瞬間、立っている波を見極める、ほんの少し先を予想する目が大切なのさ」

試着したトレッキングシューズを買い、次の目的地は個人経営のアパレルショップだ。

顔なじみらしい、ごつい身体に厚い化粧をした店員さんが「いらっしゃぁい！　ンモッ、イイの揃《そろ》えといたわよお！」とアピールする。店には今冬のトレンドと銘打たれた品々が並んでおり、そこから上下の衣服に帽子やマフラーなんかをチョイスし、ルクスピカ先生は試着室へと入っていった。

「セカイは繋がってる。波は理由があって立つ。寒くなればあったかい服が欲しくって、ただあったかいだけより、オシャレなほうが自分も周りも嬉しいじゃん、って感じ取るくらいでいいんだ。それを知るのに、何も超人にならなくたっていい。視野を広く、観察は怠《おこた》らず、誰が何を考えているか考えることをやめないこと。インターネットなんて便利なものが現代にはあるし、電車に乗れば街にも行ける」

目を見張る。試着室から出てきたルクスピカ先生は、セーラー＋法被のスタイルから着替え、ブラウスにカーディガンとタイトスカート、眼鏡をかけて頭にはウィッグまでかぶり、先程までとは違う正統派な美女に様変《さまが》わりしていた。

変身だ、と感動にりやなさんが呟けば、返す微笑《ほほえ》みまで深窓の令嬢めいて淑《しと》やかに。

「人が何を欲しがるか。半ば決めているのは、空気だ。個人の価値観は、そのうねりに引っ張られる。今はこれが流行っている、知っていれば皆と楽しさを共有できる、そんな二次的な体験も立派な魅力だ。ほら、でっかいスポーツの勝敗に集まって一喜一憂するとか、あの感じ。一体感ってクセになるっしょ？」

試着した服をお買い上げし、元のセーラー法被に戻って散策を続ける。

深秋の街を歩けば、世間にはハロウィンに浮かれる雰囲気が充《み》ちている。

そこかしこでセールが行われ、来《きた》る当日を楽しむためのグッズが宣伝され、熱の高まりを感じる。

「キミが何を欲しいかを決めているのはキミでなく、世間、社会、顔も知らないどこかの誰かたち。あるいは、生まれてくるずぅっと前から作られていた催事《ルール》や意味《バリュー》なのさ」

街頭販売されていた手作りハロウィンのアクセサリ、ジャック・オー・ランタンを模したバッジを襟元に付けてもらい、彼女は笑う。

「何が求められていて、何が気持ちよくて、何が欲されるのか、無限に等しい組み合わせの中から現状に相応《ふさわ》しいものを選択すること。創作はそうやって行われ、評価は成立する。驕《おご》らず、浮かれず、健《すこ》やかに。ゼロから生まれるものはないし、この世の何も、真実無価値なモノなどないのさ。――なーんてにゃす！」

そうして、続いてきたマジメな話を自分で茶化し混ぜっかえすように、両手一杯の荷物を抱えたルクスピカ先生がけったいなポーズを決めた。

「ボクちゃまとしたことがおふざけなしで語っちったよ不覚の助！　んじゃまとめ！　①《イチ》！　今流行ってるモノ追ったほうが注目されるよ！　②《モヒトツ》！　皆が好きなもののほうが皆も好きだよ！　いじょー！　しゅーりょー！　ショッピングアンドリサーチにお付き合いしてもらっちゃって、アラシンもねえちゃまもありがとねーい！」

身も蓋《ふた》も無い真理を最後にぶつけてきやがった。

……簡単に言うが、彼女レベルでそれをやるのがどれだけ難しいことか。

皆が気づく直前の波に乗るのも、今世間が何を求めていてどう描けばより多くを惹きつけられるのかも、やればやれる類《たぐい》のことじゃない。

彼女はとにかく、題材もネタも、ツボを外さない。そのバケモノじみた精度があってこそ、【旬しか描かない】なんてレベルに称えられるのだ。

「ありがとうございます。何をどうすればいいのか……それは、より広い視野を持つことで、培《つちか》われるんですね」

りやなさんが、深々と頭を下げる。

単純なことだが、僕が言うのと実績ありまくりのルクスピカ先生が言うのとでは重みが違う。翻弄されっぱなしだったりやなさんも、シメに気合の入った顔をしている。

……いやあ。これがシメであれば、どれほどよかったか。

「うしうし。それじゃーオベンキョーはここまでってことで、最後に一件、プライベートに付き合っちゃってもらってもいいかな？」

「はい。なんでも勉強《リサーチ》、早速実践ですね」

りやなさんは揚々と、対して僕は『やはり来たか』という言葉は胸にしまったままで「うっす」と頷く。

プライベート、というので、この後行く場所の予想がついた。

上機嫌な鼻歌に大股歩きのルクスピカ先生に導かれしは、雑居ビルの狭い階段を登った三階、扉を開ければカランカランと木板がぶつかる音が鳴る。

その向こうは、森であった。

森の中の空間、を気合をいれて演出したフロアだった。

飾られる立派な観葉植物、天井には本物そっくりの蔦がはびこり、壁には森の広がりを感じさせる奥行きのある風景が描かれている。

そして、入口付近を通りかかった、ファンシーネイチャーな服（葉っぱをベースにした、おとぎ話系のやつ）を着た女性が驚いたふうに言った。

「わわっ、ニンゲンだ～！　珍しいお客さんだね、おもてなししなくっちゃ～！」

「ようこそ、おっきなおともだち、ぼくらのフェアリーズガーデンへ！」

「こっちこっち！　大丈夫、迷わしたりなんてしないから！」

情報量がえげつない。りやなさんは想定外の事態を受けて明らかに思考が止まっているが、ルクスピカ先生は実に楽しげにずんずん妖精さんの後を追う。

「りやなさんりやなさん。進んで進んで」

「あっはい」

背中から軽く押すとようやく意識を取り戻したらしく、芝生《しばふ》の上を歩いていく。

様々なネイチャー系美男美女の等身大ポップの横を過ぎつつ、でかい切り株を模したテーブルの席へ辿り着いた。「ニンゲンさんどーぞ！」と差し出された和紙めいた紙には、ぐねぐねとした線の上に手書きで付け足された日本語が添えられている。

「ボクちゃまは【リスの隠した森のソーダ】と【コケコッコーのとっておき】！　お二人ちゃまは？」

「【小鳥も欲しがるリンゴジュース】、それから【おめざめクマさんの手作りカヌレ】をお願いします」

「あ、あ、じゃ、じゃあ、……【ゴリラの割った豆の汁】？　に、【びっくりたっぷりキノコステージ】で」

「アラソラッソ！」

人差し指と親指だけを立てた両手を顔の横でくるりと回し、席まで案内してくれた人は奥のほうへと引っ込んだ。

「うんうんうん、いいねぃいいいねぃ！　ガッツリ徹底してくれると、全力で浸《ひた》るっきゃねえ！　って気持ちになれるわー！」

「あの」

楽しそうなルクスピカ先生と対照的に、神妙な顔を浮かべるりやなさんが問う。

「な、なな、なんですか、ここ。わたしたち、どこに迷い込んだんですか？」

「それはねー」

「わ！　おねーさん、はじめてのお客様かなー⁉」

「ひきゅっ⁉」

ルクスピカ先生が説明しようとしたところに被せて、背後から話しかけてきたのは店員とおぼしき男性……いや、少年？　背は目算で百四十台、っぽい小柄な人だった。声は高いし、性別も曖昧《あいまい》だ。

「うちはね、コンセプトカフェ【はっぴーぱらだいす】！　期間ごとにテーマを変えて、お客様に夢の時間を楽しんでもらうお店なんだー！　今は妖精たちが棲《す》む不思議な場所に迷いこんだ主人公が日々の疲れを癒《いや》していく大人気漫画【フェアリーズガーデン】とのコラボ中なの！　あっちの本棚にはコミックス全巻あるから、お料理をお待ちの間にでも読んでみたら楽しいかも！」

中性的な妖精ウェイターさんが解説を終えて去っていく。

「な、なるほど、そういう場所だったんですね……」とようやく理解が追い付いて頷くりやなさんに、ルクスピカ先生が「ねえちゃま」と声をかける。

「未読だしょ？　あんね、ほんと良いからフェアガデ。今期爆推し。つか生涯推すガチ惚れてる。あーごめんいきなり言われても『怖いんだけど、草』だよね、ボクちゃま何も言わんモードになる。なんでとりあえず三話まで読もか？　そこまで行けば後は沼。

ようこそ妖精たちの園へ。やっぱ興奮してきた、今日はマイナスイオン浴びるだけのつもりだったけどワケ変わったわ。メシ来るまでに【こっから沼れる！　フェアガデ推しポイント】まとめなきゃフェアガデファン《フェアダリ》名乗れんので」

ルクスピカ先生はタブレットを取りだし、集中モードに入る。

りやなさんは戸惑いつつも勧められた本棚に向かい、周りの席に座っているお客さんたちは、新たにフェアガデに触れようとしているルーキーに、歓迎と歓喜の混ざった目線を送っていた。

……本人はまるで気にしたそぶりもないが、世間ではこの超人イラストレーターへの、あまりよくない言い方もある。いわく、流行りものに乗っかって、自分の評価に利用しているだけのイナゴ、人気取りがしたいだけの典型的なゴロ……。

そういうのは、ルクスピカ先生の栄光だけを見ている声だ。

彼女のスタンスは誤解を受けやすい。流行に乗ること、売れるものを描いて売り続けること。それは事実で、本人も明言している以上、言い訳はきかない。

それでも。

そこに、情熱も熱愛も籠《こも》っていないとほざくなら、これを見てから言ってほしい。

「……うはははは、あぶねあぶね、忘れるトコ……これこれ、この要素は押さえとかなきゃウソすぎる、やっべ楽しくなりすぎだ、鎮《しず》まるな、高まれボクちゃま……！」

この人が【贅沢な観衆】の忠実な奴隷なんかであるものか。

流行っていて求められるもの、それを描きながら、自分自身もどっぷりハマり、嘘偽《うそいつわ》りなく愛している。

――いつだったか。彼女に、こんなふうに言われた。

『そりゃあるよ、打算くらい。流行りものを書くのは、精魂込めて仕上げた作品が、見られないのが何より怖いから。それで何度も、辛い思いをした。枕を取っ替えなきゃいけないくらいに泣いた。私は私の絵のために、親として、できる限りのことがしたい。絵を描くのが好きで、これをやりながら死にたくて、生きていくためのものを稼ごうっていうんなら、生存戦略のひとつやふたつやっちゃうもん』

計算は愛ゆえに。

そして――愛は時に、計算を越えた場所で生まれると教えられた。

『皆がすごいって言ってるものって、やっぱりちゃんとすごいじゃない？　それを食わず嫌いで遠ざけるのって、損《そん》だよ。それにさ、やっぱり実際食べたら美味《おい》しいんだあ。ふふふふふ、ああまったく、この世って最高なものが多すぎて、アイラブ返す手が足んないねえ』

とことん欲張りな雑食作家で、売ることも楽しむことも両方こなすルクスピカ先生は、明日木青葉にとって……嫉妬抜きに語れないほど輝かしく、絵と文の違いはあれど、尊敬すべき先輩だった。

『期待してるよ、息子ちゃん。君の書くのも好きだけど、私はまだ、早瀬桜之助のほうに心を刺されてる。いつか君が、実の父より私の好きな作品を書けたなら——その時は私も全力で、君のファンアートを描くからね』

あの時に言われた言葉は、この胸を燃やす種火のひとつとなっている。

……今日は、来てよかった。

ルクスピカ先生にもりやなさんにも、いつかなんて、気の長いことは言わないで……今書いている作品で、僕のほうを見させてやる。

そうこうしているうちに注文の品が来はじめて、りやなさんは読んだばかりの傑作の興奮を語り、ルクスピカ先生は十分ドローイングと思えないイラストを披露し、互いの興奮の共鳴は周囲の席にまで伝播《でんぱ》していく。

絵のタッチからビビッドな来店客があのルクスピカだと発覚し、こちらでもまたひと盛りあがり。突発ファンミーティングに花が咲き、まさしく彼女の主張する【波】の様、喜びの一体感が発生する瞬間を目の当たりにする。

ただ、盛りあがるのはいいが騒ぎすぎてお店の迷惑になっては元も子もない、と入店からきっちり一時間で退出した。辻斬りめいてる思い出イベントを巻き起こし、今日もまたルクスピカ破天荒《はてんこう》伝説が追加され、彼女は更なる人気作家となるのである。

「そうか……ご自身の仰《おつしや》っていたことを、体感で味わわせてくれるために、あのカフェに連れていってくださったんですね……！」

駅に向かう道すがら、りやなさんがはっと気づいて感動する。これにルクスピカ先生は「ほっほっほ、お気づきになられたようじゃの」と老師面だが、どう考えても偶然だ。

この人、適当とノリの権化でもあるので。

「同じ楽しみを共有して膨らませる。本当に素晴らしいです。やっぱり作品は、多くの人に愛されなきゃ嘘ですよね！」

うんうん、と頷くりやなさん。

それは彼女の、リャナンシーとしての方向性……才能を与えた相手を大成させ、評価させる、という目的とも合致しており、自分の正しさが裏打ちされたことに対する満足感でもあったのだろう。

……けれど。

「んー。……そうだね、ちょこっとだけ追試といこう」

信号待ちに止まったルクスピカ先生は若干渋く、「ねえちゃま」と呼びかけた。

「ボクちゃまは教えたね。視野を広く、波を見極める大切さを。〝どうしなきゃいけない〟はそれで見えてくる。でも、〝どうしたい〟はヨコよりタテ……深さを知らなきゃいけないよ」

突然に言われた言葉に、りやなさんが言葉に詰まる。

「ねえねえねえちゃま。ねえちゃまは、ボクちゃまの今日のファッションいかが？」

四色へアーにセーラー法被の少女が、ファッションショーみたく一回転する。

「もちろん、とても素敵と思います。個性的で、目を惹いて」

「でも、明日にも自分でしたいほど、一番ときめいたわけじゃないよね」

「あう……」

申し訳なさそうなりやなさんに、ルクスピカ先生は「いーのいーの」と笑う。

「ちょい矛盾かもだけど聴いとくれ。スキキライを表す表現で『私向きじゃないね《ノットフォーミー》』っつーのがある。うぴぴぴ、ウットリするほどイイ言葉じゃんす」

先程までは観客を群、一人が集まっての一塊として捉えた話だった。

そしてここからは、拡大率が変わっていく。

「ああ言ったけどね、結局のところ【何が好きかは人生次第《アナタはアナタでワタシはワタシ》】さ。皆にウケとる作品が、自分にはステキに感じんこともある。誰にも認められない作品が、自分には親より友達より近くに寄り添ってくれることもある。ねえちゃま、それがどういうことか、わかるかい？」

本屋の時のように問われたりやなさんは、今度は頭を悩ませない。

今日一日の講義で、彼女は本当によく、学んでいる。

「需要の波に乗り、より多くの人を喜ばせること。皆が喜ぶもので喜べない、孤独な一人の傍《そば》にあること。素晴らしさに優劣はなくて、ならば、そのどちらを目指しても構わない。皆のためじゃなくたって、誰かのために偏《かたよ》って書くものだって、いい。ですか」

「ねえちゃまはさ。どうして、おはなし書いてるの？」

「――わたしの中にある、わたしが読みたい話……こうあって欲しいを、かたちにしたいから」

りやなさんが僕の生徒になった日の訴えと、今語ったことは、少し違った。

作品を書くこと。それは、己と向き合うということ。彼女は一ヶ月間の創作を通じ、自分の中にある動機を、更に明確にしていたのだ。

「ワタシの読みたいハナシ、ってか。そらいい！　だよねだよねえ、自分の作品は誰かに見せる前にまず自分が何度も何度も誰より一番見るものだ、そういう気持ちがあるほうが、お手手もしっかり動くってもんでしょー！」

うんうん、と頷き、ルクスピカ先生はふいに、僕のほうを見る。

「愉快な生徒を取ったねえ、アラシン。それとも、順当な選択って言えるかな？　キミが世界一対抗したがってる、早瀬桜之助と正反対の動機の子を抱え込んだのは」

「――は？」

意図せず、棘《とげ》のある声が出ていた。

……何だって？　自分のために書くりやなさんと、あいつが、正反対……？

「らしからぬ見解ですね。その言い方、早瀬桜之助がまるで」

「まるでもなにも。あの人、【読み手】しか見てなかったろ」

彼女は断言する。僕の心は否定している。

そんなわけ、あるか。あいつは、そうだ。自分の栄光しか見てなかった。作家として大成し、評価され、もてはやされることが一番だった。だからこそ、リャナンシーを連れて帰ることを選んだんじゃないか。

その後に自分がどうなるか。

僕がどうなるか、わかっていたくせに。

「ビターエンドなんか書くやつは全員ひどいことが大々好きな、読者を苦しめたい性格破綻者だなんて思っちゃないっしょ？　読み手への奉仕ってのは、そういうレイヤーの話じゃない。究極的に言うんなら、〝自分が読ませたいもの〟の上に〝相手の読みたいもの〟を置けるのか否か——ボクちゃまはそれを、あの人の作品に見たよ」

「そんな。一体、何と比べて」

「【水平以前】と【水平以降】。早瀬桜之助の奉仕性は、五作目から急に極まった。文体なんかは同じだが、構成《システム》と想念《テーマ》は別だ。猿が人になった、なんてもんじゃない。恐竜が鳥になったくらいの衝撃だった。あの時期、間違いなく何かがあったんだろうね。人生が変わるほどの、何かが」

鋭く、聡《さと》い。彼女の目と、感受性は騙《だま》せない。ピースは足りないはずなのに、早瀬桜之助に起こった劇的な変化を言い当てた。

「もちろん、作風についてだけじゃない。早瀬桜之助の奉仕性、その核心は……あの物語が存在すること、その後の扱い、現在の状況、それ自体だよ」

ワケのわからないことを言う。りやなさんと違って、僕の頭は彼女の言うことを理解できない、したくない、頭に入ってほしくない。

「なんだよその顔。笑っちゃうだろ。気づかないふりしてるんじゃあないよ。いっぱしに作家もやって、生徒を持った先生にまでなって、そんなやつがそのザマでどうすんだ。他人を知るが答えの売りかた講座を聞きに来といて、わかったツラの付き添いが思考停止なんてどうかしてるぜ。なあいいか、よーっく聞けよ」

彼女は知らない。早瀬桜之助が【クロノスタシスの水平線】を、どういう事情で書けたのか。リャナンシーという最大のファクターなしに、導き出される答えなど間違っているはずだ。

なのに彼女は、確信をもって、早瀬桜之助の変遷《へんせん》をこのように解釈した。

「早瀬桜之助の変化・進化は、君が本格的に作家を目指しはじめた時期と一致する。そんなもの——自分の達成感よりプライドより、これから同じ道を歩いていこうとする息子の、それこそ、自分が死んだ後にだって、ずっとそばに残れるような。挑んで戦って、いつか超える目標であろうとしたに決まってんだろ、どう考えてもさあ」

【〆】

「んふ」

家に帰り、風呂から上がり。

書斎の自室に戻った僕を迎えたのは、口を開ける布団と、自分の隣をぽんぽんと叩く浴衣《ゆかた》の胸元を着崩した痴女妖精であった。

「りやなさんがここ、温めておいたわよ。いっしょにぽかぽかしましょうね」

「ごめん。ちょい原稿やりたいから」

横を素通りして文机に向かうと「ちょぉっとーっ！」と布団から飛び出してきたりやなさんが首もとに手を回して抱きついてきた。

「や、や、やめてよねそういうの！　そりゃりやなさんってばつれない愛にめげないし燃えるタイプですけど、スルーされまくって傷つかないと思ったら大間違いだ！　わたしだってふつーに寂しがったりするんだぞー！　ぎぶみー・ゆあ・らぶ！　なんか今日、とくに冷たい気がするもんシンタロー！　帰り道とか、全然話してくれなかったし！」

「え」

意識していない自分を突かれて戸惑う。

……そう、だったかな。そうなのか？

「わたし、なんか、悪いことした？　今日はいつもみたいに、シンタローに書いててってお願いもしてないよ……？」

至近から訴えられる不安の問いに、僕は理由を探る。自分ではわからなかったこと。彼女は感じたこと。その原因。どうして僕は。

「……あ」

思い当たる節がある。あんまりな結論で、でもそれしか考えられなくて、気まずい。

「なに？　なになに⁉　わたしが何かしたなら直すから、教えてよ教えてよ！　こんなつらいの嫌だよお……！」

一番風呂に入った身体は布団で蒸して温められて、ほっこり感を維持している。重ね重ね顔が近いし抱きしめる手も強まる一方だ。今夜はそっちの色気より、半泣きで訴える彼女の悲痛さのほうが効く。僕は観念して、言葉をもらす。

「………………と思う」

「えっ⁉　なになに⁉」

「……………………りやな、さんが。ルクスピカ先生にばっかり教わってるのが、あの人の話のほうが僕よりずっと参考になってて、ちゃんと先生やってるのが、悔しかったんだと、思う。りやなさんの先生は、一応、僕のつもり、だったから」

とても顔を直視しながら言える台詞《せりふ》ではなかったので、視線を合わせず答えた。はっきり言ったつもりだったけど、後半は尻すぼみになっていく。……ああもう、なんだって僕がこんなこ、っとぅぉ⁉

「んな、なっ、ちょっ……⁉」

両肩を摑んで引き倒された。身体は畳に倒れるのではなく、柔らかで豊満な胸に抱きとめられる。勢いをつけた衝突の感触は硬い拳でぶん殴られるより遥かに暴力的で、慌てて引き剝がそうとしても、胴にがっちり回された腕がそれを許さない。

「センセー」

後ろから、耳元に、囁《ささや》かれる。

「センセー。センセー。わたしの、センセー」

繰り返す呼び声と吐息が、耳から入って背筋をくすぐる。胴体をこすりつけるように揺り動かされる。動物がマーキングをするみたいだけれど、彼女の場合は意図が逆で。

「わたしを要るって言ってくれた。わたしが別の誰かのものになるのを、嫌がってくれた。えへへへ。ねえ、大丈夫だよ。そんなことないよ。シンタローはわたしのセンセーで、わたしはシンタローのだから。怖いがなくなるまで、こうしてるから。センセーの全部、わたしにくっつけておこうね」

とても甘い申し出だ。誰かが望んでくれる。安心していいと言ってくれる。感動で泣きそうだ。今の僕は、それが何より嬉しい。

「違うよ」

嬉しいから、断った。

「君は僕のものじゃないし、僕も君のものじゃない。君を大事に思えてきたからこそ、軽々しくそんなふうに、わかったつもりの関係になんてなりたくない」

驚いた腕が緩んだので、そこから抜け出す。僕は彼女と、目を合わせる。

「……シンタロー？」

「りやなさん。聞きたいことがあるんだ。君から見て……一緒に過ごして。早瀬桜之助は、一体、どういうやつだった？」

どうしてそんなことを聞くのか、わかりかねている顔だった。でも、僕が彼女をじっと見つめていると、戸惑いながらも話しはじめた。

「賑《にぎ》やかより、穏やかが好きな人。けど、とてもさみしがりな人。夜、よく目を覚まして咳《せ》き込《こ》むの。わたしは夜通し縁側に座っていて、名前を呼ぶ。『いるよ』って言うと、嬉しそうに『うん』って言う。『つらい？』って聞くと、『悪いね』って謝られた。意味は、よくわかんなかった。あの人は最期の日まで、そこに座って物語を書いていた。その音を聞いているのが好きだった。出逢ってから四冊目の本を書いている時、終わりがもうそこまで来ている時、こんなふうに言っていたのを覚えてる」

「なんて」

「『早瀬桜之助はずっと、君にもらったもので、君以外のために物語を書いている』。わたしは、言ったの。それでもいいんです、って。わたしは、彼がわたしに愛させてくれて、彼の創る世界をわたしが大好きなことだけで、十分だったから。でも、そうだね。サクノは結局、一度もきちんと、わたしに触れてくれなかった。わたしの愛を受け止めてくれたけど、わたしを愛してはくれなかった。それが今は、少しだけ、さみしい」

複雑な感情が一度に湧いた。

りやなさんと父の関係を聞いてから、頭に思い浮かんで……それから彼女と同じ時を過ごすにつれ膨らんでいた、胸の奥に張り付いていたもやが、まず、晴れる。

その爽快感は、多分、安堵《あんど》だ。

……父が。母を、裏切りつくしてはいなかった、こと。

……それと。りやなさんが、自分の父と……深い恋仲ではなかったことを、なぜか僕は、よかった、と感じた。

これを深く考える前に、別の喜びが、考えさせるのを止めるかのように押し流す。

この喜ばしさは、闘争心が更に燃える、昂揚《こうよう》の喜びだ。前々から気に食わなかったけど、あいつを超えなきゃいけない、ブッ倒さなくちゃいけない理由が、改めて増えた。

りやなさんに、悲しそうな顔をさせやがったことが、今の僕には無性に許せない。

「……わからないもんだなあ」

〝家族だから、家族のことがわかる〟。そんな理論は事実ではなく願望で、そうあって欲しい理想だ。

どれだけ距離が近かろうと、心の内など触れも見えもしない。現実にモノローグは表示されず、誰がどう語っても、真実の保証書を書くことはできない。

家族だって他人だと、思うようになったのはいつからか。母と父が離婚した時か、父が別宅の書斎で過ごす時間が、本宅で過ごす時間を越えた時か。

誰かをわかることなどできない。それでも――真実の保証がない言葉でも、不確かな曖昧を含んでもなお、『これでわかった』と信じることはできる。

僕がそれを知ったのは、二年前。独りになった僕を想い、波見さんが、僕の代わりに泣いてくれた時だ。

僕は、泣けなかった。

母が妹を連れて家を出た時も、父の葬式の日も。

疲れていた、頭が追いついていなかった、じゃなくて。

しっかりとマトモで、自分の状況をわかっていながら、他人事《ひとごと》めいて俯瞰《ふかん》している、
乗り切れない映画を見ている時のような気持ちがあった。

いつからだろう。僕にとって、早瀬桜之助という人物への解釈が【栄光を摑んだ大作
家】で、【いけすかない、越えるべき相手】になったのは。

それでいいと思っていた。ずっとそうだと思っていた。

とんでもない。

解釈なんて、心の問題。そんなもの、一秒あればいくらでも。

「わかれない、もんだなあ。父さんが僕を、そんなふうに思ってたなんて」

「……シンタロー」

りやなさんが、手を伸ばす。その指が、僕の頰に触れる。

「これは、なに？」

「涙の、二年もの」

「シンタローは、悲しいの」

「うん。ようやく、今更、情けなく」

渇いて渇いて死ぬと思う。これが枯れることも止まることも想像がつかない。

ああ、だから嫌だ。やっぱり嫌いだ、早瀬桜之助。

最高傑作と謳《うた》われている遺作を読んだ時と似ていながら、ずっと深く刺さってくる。辛くて辛くて、もう何も考えたくないと思うのに、それでも立ち上がらないわけにはいかないと、他でもない自分自身に急《せ》かされるこの感覚。

「書くよ」

告げた声はかすれていたので、もう一度、呼吸を整えて宣誓する。

「僕は書くよ、りやなさん。今日は本当にいいことを、あの人にも君にも教えてもらったから。この熱が冷めないうちに、やれるところまでやりたい。それができあがったら、ようやく僕は……君に、言いたいことが言える気がする」

頭は落ち着いていない。この落ち着かなさよ、朝まで戻るな。この気分じゃなきゃ書けないことを、書かなくっちゃしょうがないんだ。

「りやなさんは、どうする？」

「わたしも、書く」

彼女の指が、僕の涙を拭いとる。それを彼女は口に運ぶ。艶《つや》めく舌が、明日木青葉の溢れた衝動を味わった。

「今見たものを覚えているうちに。今のわたしが、今の大事を感じているうちに」

「そっか。書き上げるの、楽しみにしてるよ」

「わたしも。シンタローが、サクノと違う作品を書けるの、応援してるね」

そうして僕らは、それぞれの戦場に別れた。

その夜は、彼女が来て、僕の生徒になった日よりも……作家人生の中で、一番長くて短い夜だった。

考えて考えて考えて、物語の最初から直して直して直して直して、キーボードを叩く手は止まらず、白い画面を見ながら頭には風景が浮かび、境目は曖昧に、描いているのは現実で、僕は創っているのではなく起こっていることをそのまま写しているだけで、そう、つまりは、幸福だった。

僕は、この瞬間。生まれてきて、作家になって、世界一幸福だった。


【〆】


日曜の昼に目を覚ました。

りやなさんはいなかった。

次の日も、次の日も、また、次の日も。

りやなさんの姿は、何処にもなかった。

結 人間とリャナンシー

〈1〉


脳みそがかじかんでいる。

意識をしていると考えるのも億劫《おっくう》な中、うっすら瞼《まぶた》を開けたのは、積み重ねてきた生活が警告を発したからか。

寝ぼけた考えも、時計の針に気づくまで。

「――――ッ！」

声にならない叫びをあげた。

跳ね起きて着替えをすませる。冬の朝の寒さは肌を刺すが、事務的に失われ続ける猶《ゆう》予《よ》を思えば、耐えればすむ分情けがある。

着替えよし、荷物よし、食事よし。

目玉焼きとトーストだけでも腹にいれ、洗い物は後回しにして家を飛び出した。

今日ばかりは遅刻はヤバい。普段は出さない全速力に足も肺も驚いている。誰だ好き好んであんな通学に不便な立地に住もうと決めた阿呆《あほう》は、と過去の自分に喧嘩《けんか》を売って、どうにか教室に飛び込んだ瞬間にホームルーム開始のベルが鳴った。

あちこちでノートや教科書が広げられ、独特の緊張感が教室中に漂っている。今日は二学期の期末試験初日、健全な学生生活を課題とされている僕に限らず、是が非でも出席しないとならない日だ。

セーフの安堵《あんど》に張りつめていた気が弛《ゆる》み、呼吸の苦しさを思い出す。前屈《まえかが》みで息を整えていると、後ろからやってきたであろうクラス担任が「うわっ」と驚く声がした。

すみませんこんなところで——と言おうとして顔をあげ、僕はようやく、クラスの視線が僕に集まっていることに気づいた。

「……新井《あらい》さん。それ、どうしました？」

担任に指摘されて、ようやく気づく。

遅刻のピンチに慌てるあまり、朝食を作った時のエプロンを着けっぱなしで登校していたことを。

世の中には、取り返しのつくこととつかないことがある。大勢に観測されてしまった事実は消しようがない。ならばどうする？　決まっている。この事実を塗り替えればよい。ウィットに富み、インパクトがあり、誰もがそちらの説を信じたくなるような解釈で、間違えて着てきちゃいました、なんていう赤面ものの真実を打ち消すのだ。

任せろ。僕は、作家だ。

「とっておきの勝負服です」

誤算があるとすれば、僕が着用していたエプロンが、みずあめぽっと先生の激推しで買った、大きなおともだち向けの女児アニメグッズであったことか。

かくして我が校に新たな伝説が生まれる。

二学期の期末テストを堂々女児アニメエプロン着用でやり抜いた変人は同日の放課後には校内に広く知れ渡るところとなり、周囲との距離は一層開き、某先生には『確かに推したのは自分だがこんな脱法的用法をされるって誰が思うよ』と責任を感じられ、挙《あ》句《げ》新学期に入学してきた初対面の新入生から『女児アニ勝負のパイセン』との呼び名を賜《たまわ》ることになるが、それはまた別の物語である。


【〆】


新井進太朗《しんたろう》の日常は、つつがなく元のかたちへ回帰した。

目覚める。学生をやる。作家をやる。眠る。

目覚める。学生をやる。作家をやる。眠る。

二年間繰り返した鉄壁のルーチンが戻ってくる。朝は気《け》だるく、夜は静かに、自分のことを自分でやる毎日を生きていく。

でも、ほんのひとときでしかなかった習慣の変化が、しつこいシミみたいに十二月の僕を邪魔してくる。

――朝は、賑《にぎ》やかな声や、泣きつくアプローチばかりで起こされるものだったから。今でもうっかり、目覚まし時計をかけ忘れる。

――食事当番は交代制で、夜多めに作って朝に回していたりしたけれど。誰に食べさせるわけでもないと、つい簡素になっていく。

そういうほんの些細《ささい》なズレに躓つまずくたび、もうここにはいない相手の影を見る。りやなさんが姿を消して、時が流れて。

季節は秋から、冬に変わった。

僕は僕なりに、やるべきだと感じたことをした。

ローカル鉄道の終点まで行った日は、行きも帰りも電車の中で手持《て も》ち無沙汰《ぶ さ た》を持て余した。バッティングセンターで鬱憤《うっぷん》を張らそうとして腰を痛め、新たな鬱憤を抱える羽目になった。街を散策し、コンセプトカフェで一日粘《ねば》りながら原稿をし、客が来るたびに素早くそちらを見る不審なやつになった。

昼夜を問わず、書斎で、風呂で、主のいない部屋で、何度も何度も呼びかけた。

うっすらと感じていた想像を、僕は、十日目ではっきりと疑問にすることにした。

すなわち。

【作家・明日木青葉《あしたぎあおば》は、リャナンシーに抗《あらが》いきったのではないか？】――だ。

一緒に暮らしだしてからも、僕は何かと謎の多い彼女について知るべく、資料を漁《あさ》っていた。伝説・伝承ものの常だが、文献により記載には差異があったりして、どこまでが僕が実際に遭遇した、新井りやなというリャナンシーの特徴として正しいのかは悩ましかった。

代表例では、【リャナンシーは、彼女が愛する相手にしか見えない】というものだ。

これは色々な資料に共通する情報だったが、僕の体験した限り、りやなさんは普通に目撃されていた。ＪＫ擬態モードでクラスを騒がせ、腹黒童女として波見《はみ》さんの利用を目論《もくろ》み、文系お姉ちゃまに扮《ふん》してルクスピカ先生に教えを賜りと、様々な相手に存在感を振り撒いていた。

当然、アレも忘れちゃいけない。芸術の才能を与え大成させると銘打っておきながら、その実『自分の見たい作品を創らせる』とかの特徴も全然見当たりやしない。

本の情報が間違っているのか、はたまたリャナンシーの個体差や地域差でもあったのか。アンケートにでも答えてもらっていればよかったと苦笑する。

――さて。

愛を求め、才と命を交換させるリャナンシーは、拒まれれば拒まれるほど自分の愛を受け入れてもらおうと尽くすという。

では、それは、いつまでか？

【リャナンシーを拒み続けた場合について】は、このような記載を発見した。

曰《いわ》く、【リャナンシーの奉仕は、彼女が次の相手を見つけるまで続く】。

なるほど、この上なく明確な、現状を説明できる情報ではないか。二つの点に目を瞑《つむ》るなら、だが。

一つ目は、リャナンシーの〝実際〟が、本やネットの情報にはどこまで正確に記《しる》されているのか、これは彼女も備えていた特徴なのか、という信用度。

二つ目は、乗り換え先の人物が誰なのかと、このタイミング。

僕は、彼女といた期間、ほとんど一緒に過ごしていた。学校や買い物とかで離れている時間はあったにせよ【愛し、才能を与え、自分の見たいものを創らせよう、こいつなら創れる】と思う相手との出逢いが、執筆漬けの彼女にあったかは怪しい。そんな話題は、日々の雑談にも出ていなかった。

……いや、『あなたを見限って次の男に行きます！』なんて本人に言うやつがあるかと言われればそうなんだけど、りやなさんに限っては『実は今ぁ、スッゴいイイと思ってるヒトがいてぇ～。あんまりシンタローがつれないとぉ、わたし、そっちに行っちゃうかもなぁ～？』くらい言いそうなんだよ。というか言う。絶対言う。そういう駆け引き、嬉々としてやる、あの妖精は。

それに、彼女は書くと言ったんだ。

『わたしも書く』と、あの夜、そう言ったのを聞いたんだ。同じ去るなら、どうしてあんなタイミングだ？　宣言を翻《ひるがえ》し、別れも告げず、なんで急にいなくなる？

おかしい。理屈が足りない。つじつまが合わない。

新井進太朗は、りやなさんが消えたことに、全然、納得がいっていない——。

——なんて、考えたところで、結局は全部僕の解釈だ。

確かな事実は、新井りやながいなくなった。ただそれだけ。

何処《どこ》にもいない。呼んでも来ない——そんな僕の納得なんて、僕以外誰も興味はない。

夢か幻のような、束の間の同居は終わった。

リャナンシーと別れた後、絶世の美女からの愛と芸術家としての大成を拒んだ人間は、どうなるのか。その答えについてはやはりどこにも記されていなかった。あるいは——リャナンシーとの出逢いと突きつけられる選択を物語と思うなら、主役たる条件から自ら外れた男のその後など、語るに値《あたい》しない平凡だからか。

だとしても、僕は僕の語《かた》り部《べ》として、僕が主役の物語を生きている。

であれば、地球の極東そのまた片隅、売れない作家が出くわしたお伽噺《とぎばなし》については、このように結んでみるとしよう。

「——『作家はついに最後まで、彼女の美しさも、もたらされる霊感も受け入れずに拒みきりました。妖精はいつともしれぬうちに去り、作家は誰もが羨《うらや》む愛も世界を動かす才も得られませんでしたが、彼女と過ごした思い出は筆の中に息づき、これから先に続いていく人生で、書き連ねていく作品の糧《かて》となったのでした。めでたし、めでたし』

僕は彼女に、才能をもらわなかったけれど。賑やかで愉快な日々は、ライバルとの意地の張り合いは、僕に、どうしても書けなかった自分の原稿を書かせてくれた。

このちっぽけな前進を、リャナンシーに抗い続けた作家が得た、命とは引き換えにならなくていい正しい成果、と言ってみようか。

手の中に残ったものは多くなく、いつかこの思い出が薄れていこうとも、欠片《かけら》となっていつまでも。桜のように散《ち》り逝《ゆ》かず、瑞々《みずみず》しい青葉のように寄り添おう。

それは、なんて理想的な、僕らしい【生きていく。幸せは続く《ハッピーートゥービーーコンティニュー》】。

自分はついにやりきった。作家としての主義を貫き、やるべきをしくじらなかった。

――明日木青葉、だけは。

「馬鹿。大馬鹿。ふざけんな」

自分は、独りに戻った。

そう解釈して、主を失った部屋に入る。

服まで含めた姿を自分で変えられたりやなさんには私物の類《たぐい》がまるでなく、僕の書斎から持ち出した資料や、気分転換のおやつなんかが乱雑に散らばっている。

して欲しいと頼まれれば家事スキルは万全なくせに、自分のテリトリーには無頓着《むとんちゃく》なのか、それともそれだけ執筆に打ち込んでいたのか。『足の踏み場と寝床と書くスペースが確保されていれば いい』と考えていたのがまるわかりな有様で、さながら早めの大掃除と相成《あいな》った。

その最中で、そんな文句が思わず出たのだ。

「楽しみにしてたんだぜ。僕が書き上げた自信作で、解釈違いのあんたを唸《うな》らせてやるんだって。早瀬桜之助《はやせさくのすけ》嫌いの僕が、それでも面白くって、これはダメだ大好きだって認めるしかない作品を、読ませてくれるんじゃないかって」

資料は元の場所に戻した。ゴミは分別して捨てた。

それだけは、どうしても触れない。

机の上の型落ちなノートパソコン、パーティションに貼られた覚え書き。ここに、一人の作家がいたと言う証。

これをしまってしまえば、本当に元通り。夕焼けの赤い赤い残暑、どうしようもない閉塞感《へいそくかん》に囲まれて、感情を持て余していたころの空き部屋に還《かえ》る。

僕は打てない。

終わりを終わりとする、エンドマークが怖い。余所《よそ》から来るものは受け入れられても、自分で能動的に『さよなら』が言いたくないんだ。

そうして今日も、僕はほんの淡い期待を未練がましく抱いて扉を開ける。

『うう、うううぅぅぅぅ〰〰っ。……あっ、センセーセンセーセンセー！　ねぇねぇねぇ、ここんところどうやって書いたらいいかなぁ、教えてよぉ！　それかさあ、えへへへへ、センセーだったらどうやって書くか、お手本見せてほしいなぁ〜っ！』

そんな頼みも、今はない。

画面は閉じられ、電灯はついておらず、無人の部屋の空気は冷たく、誰もいない落胆をわざわざ味わう。

最早、誰も開かない原稿があそこにある。

最後の日、彼女が何を書いたのか、もしくは何を書かなかったのか、僕は知らない。

独りの日を積み重ねて、僕はついに今執筆中の作品の、全七章を書き上げた。

──そして。どうしても、どうやっても、納得のいく結末を書ききれないのに気がついたのは、エピローグを四度書き直してからだった。


〈2〉


孤独を深く、煮詰めていく。

書くのが悲劇でも喜劇でも変わらない。作者は独り。只《ただ》一人だ。それを誰にも代わることはできない。夜の書斎でも昼のカフェテラスでも同じ。世界と切り離された者が、世界を紡《つむ》いで創り出す。

僕は走る。手で走る。遠くへ先へ。止まらない。振り返らない。脇目を振る余裕もない。考えたくないことに。忘れたいことに。知りたくもないあれこれに。

指が止まり、溜め息が出た。

作業が止まった瞬間を狙いすましたようなタイミングでチャイムが鳴り、反応するかどうしようか、三回目が聞こえるまで考えた。

もう少し。もう少し。

あちら側に、属していたい。

「こんにちはー」

必要が執着を上回り、よ、す、が、に呼ばれた僕は、こちら側に戻ってくる。時間はいつのまに昼下がり。久々に姿勢を変えた身体《からだ》は軋《きし》み、玄関まで向かう程度に難儀した。

「近くまで来たから。しん君の顔、見ときたいなって」

笑顔が柔らかい。おかしなもので、彼女は担当の編集者として接する時より、家族として交流する時のほうがずけずけ来ない。原稿の進捗《しんちょく》や日々の生活を健全に送っているかの確認は編集としての仕事や義務の範疇《はんちゅう》だが、後見人を務めている十七歳には青少年としての気遣いが必要だと思う、というのが本人談。

はみ姉ちゃん、自分は三姉妹の末っ子で、年下でしかも男の子の扱いはどうすれば正しいのかわかりません、気づいたことや気を使ってほしい点は何でもおっしゃってください、って言ってたもんなあ。

「ちゃんとお買い物行ってないでしょ。色々買ってきたから、冷蔵庫にしまっちゃお」

見透《みす》かされてるのがありがたいやら恥ずかしいやら。レジ袋いっぱいの差し入れのお礼に「昼だし何か作るよ」と申し出れば、少し照れ目に「オムライス」とのリクエストをもらった。オーケーオーケー、お安いご用で。

腕前は上等でもないけど、料理を作るのは楽しい。

料理と創作は似ていると思う。食材はさながらキャラクター、個々が持つ〝良さ〟を知り、組み合わせることで美味《ドラマ》を創る。そこにちょっとした、嬉しい驚きなんかあればなお楽しい。刺激的な空想を試してみて失敗するのもご愛敬だが、今日は自分以外に味わう人がいるのだから大冒険は控えめに。ソースのリクエストを聞こうとして、しまったばかりの差し入れを思い出す。そういうことね。

「ほい、お待たせ」

デミグラスソースのオムライスに、レタスやトマトのサラダとポタージュが出来上がり。はみ姉ちゃんは「そうそうこれこれ」といった表情で、鮮やかな黄色と食欲をそそる茶色と宝石みたいに艶《つや》めく赤の楕円の山を嬉しくなる勢いで崩していく。

「やるね、しん君。今日のお姉ちゃんは、ケチャップではなくデミグラスソースの口になっているとよく見抜けました。はなまるだぶる」

「そりゃわかるに決まってんでしょ。あーんなロコツにデミグラスソースの缶、それも結構お高めのやつ差し入れに忍ばせてたらさ。僕がなにも言い出さなくても、昼、うちで食べてくつもりだったでしょ」

「ふふ、ばれました。相手の〝欲しい〟を見事に悟《さと》る洞察力、お姉ちゃんがこれまでそれとなーく鍛《きた》えてきた甲斐《かい》があったというもの」

なまじ冗談でもないんだよなあ。【相手が何を欲しがっているかのサインは、些細であろうと必ず出ている。ハッピーを追う作家なら、それを見逃さずに摑《つか》むべし。さりげない気遣いは、男の子としてもポイント高し】って教えは今も肝《きも》に命じている。

手料理を振る舞った後は、少し二人でだらだらした。僕は冬休みに向けて先日の期末試験の話とか、はみ姉ちゃんは今年の正月はどう過ごそうかと相談をする。

「今年も、年越しからうちに来るよね？　みんな喜ぶよ、しん君が来ると。とくにお父さん。波見家は女所帯なのもあるかな、男孫でもできたみたいだって嬉しそうだもん。年越しそば食べて、おせちもつつこっか」

「――すみません。申し訳ないですけど」

「……え？　えっえっ？」

断られるのは予想していなかったのだろう。はみ姉ちゃんは驚いたようだった。

「もしかしてうち、騒がしすぎちゃったかな？　構われすぎて嫌になった……？」

「それは、絶対、ないです。ただちょっと、今年はここにいたい理由があって。……訪ねてくる人もいるかもしれないから」

「あ。それってもしかして、この間の女の子……りゃなちゃんとか？　そうだね、子供にとってお正月って、結構退屈だったりするからなあ」

はみ姉ちゃんの解釈を、僕は肯定も否定もせずにいる。彼女はわかった、と頷《うなず》く。

「残念だけど、しん君にも事情があるもんね。あ、でも、気が変わったりしたらいつでも来ていいから。どうせ誰かうちにはいるし、飛び入り歓迎。それと、約束だよ。年の瀬やお正月は、ちゃーんと休むこと！」

「はは。遅れてるんだから原稿やれ、って言わないんだね。皆が休んでいるうちに書き上げろって、尻叩かれるものだとばかり」

「言わないよ。……いえ、言いません」

表情が引き締まる。はみ姉ちゃんが、波見さんになる。

「サボっているのでもない。先生は今日も書いていて、書き続けていて……それを【書けた】と、よしとできないだけなのですから」

現在僕は、夏から書き続けていた作品の、ついに、本編を書き上げることができた。けれど、書き終えられていない。

最後に残る、物語を閉じる部分——明日木青葉の本領たる【ハッピートゥービーコンティニュー主義】の核、〝そして、続く〟の部分。

ここで、もう十日止まっている。書いては消し、戻って直してを繰り返している。締め切りを越えて、波見さんに頭を下げてもらいながら。

「……不甲斐ないですね、明日木青葉は」

「そうですね。貴方《あなた》に、この人はそう思っているだろうと思われる私自身のほうがぬるくしたお茶を飲み、波見さんは続ける。

「今、全力で戦っている貴方がいる。それを信じて待つのが、編集者としての私の役割。不甲斐ないなど決してありません。玉稿、お待ちしております」

言葉もない。心遣いにただただ、深々と頷く。こんな十七歳の若造に、プロとして敬意を払い、一人前に扱ってくれる態度で、胸がつまりそうだった。

「それに、申し訳ないと謝る分だけ心得がよろしい。あの人も締め切り破りの常習犯で、しかも全く悪びれた様子はなかったもので」

「は……んんゴホッ⁉　げほえほえほっ！」

驚きのあまり、飲み物が変なところへ入った。咳きこみながらも、慌てて頬《ほお》を拭《ぬぐ》い、今聞いた言葉を頭の中で反芻《はんすう》する。

「し、締め切り破りの常習犯、って……早瀬桜之助が⁉」

「はい。色々と考えましたが、結局、今の私の担当は明日木先生であり、優先すべきはこれから書かれる作品だと結論しました。個人の名誉の問題はありますが、実の息子のより良い一文のためならば笑って許すでしょう。許させます」

波見さんはしれっと語ったが、僕の衝撃はそれこそ天地がひっくり返ったくらいのものだ。何分子供の頃だし、作家と編集がどんなやり取りをしているかなんて内容のほうは聞き耳を立てたりしていなかったけど……真っ当な常識人で知られる早瀬桜之助が、作家として考えうる限り頂点に類するド外道行為を……⁉

「やりましたよ。ええ、やらかしておりましたとも。息子や世間には随分とええかっこしいだったようですが、あの人がどれだけ出版社《わたしたち》に対しては飄々《ひょうひょう》と奔放《ほんぽう》だったか。本当にやったら取り返しがつかない、という失敬はギリギリで越えないのがまたタチが悪いところで、大抵のやらかしは自覚的に愛嬌を多分に含ませた笑いと一見誠実そうな態度でへらへら受け流しては容赦される雰囲気作りにばかり長《た》けていて、あの人は作家をやってなかったらヒモになっていましたね間違いありませんと何度酒の席で同僚に愚痴ったことやら——」

「ちょ、ちょちょちょっと波見さん、え、波見さん⁉」

怒濤《どとう》の早口には感情がこれでもかと乗っており、受け止めきれない情報が一度に流れ込んできてくらくらする。僕がこれまで築き上げてきた【大作家・早瀬桜之助】の堤防が決壊する。

家と職場でがらりと変わるタイプもあるとは聞いていたけど、それがまさか自分の父だとは想像だにしていなかった。

死後、こんなかたちで知ることになるのも！

「世間では素晴らしい作家と持ち上げられていますしその戦略を打ち出しているのも他でもない弊社ですが、ええ、今こそ知ってほしい。君は〝ああなるまい〟〝違う道をいきたい〟という意識から変人志願を標榜《ひょうぼう》していますがね、ならばこそ逆にとんでもない。あの人のほうが天然で天性の変人でした。今ならまだ更正は可能、どうかそのままでいてください、君はそのままで十分に魅力的です、美しいです、かわいいです。あんな傍迷惑《はためいわく》な【売れる作品を書き上げればそれまでの迷惑はチャラ】と思うような怪物になどならなくてよろしい！」

「酔ってます⁉　もしかして酔ってます波見さん⁉」

「酔ってません思いだし怒りです！　そうです、ああまた腹が立ってきました！　あの人は！　早瀬桜之助なんていうのは、作品以外本当の本当にろくでもなくて！」

自分で喋《しゃべ》りながら興奮し、普段は絶対出さないような大きさの声を出して。

波見さんは、一番の怒りの種をぶちまけた。

「君に、ちゃんと別れも言わずに放り出した」

その言いかたに、引っかかる。

額面通りに取れば、散歩中の急死なんて、理不尽な不幸のやりきれなさの吐露《とろ》。

でもなんだ、含みがある。それだけではないものが感じられる。

まるで、そう。やれるはずの義務を怠《おこた》っていた相手への正当な不満だ。明確な過失があるからこそ、その怒りは、焦点があっているような。

……僕が最後に父とまともな会話をしたのは、命日の一週間前だった。これから先があると疑っていないというより、最期《さいご》の時がすぐ傍《そば》だなんて考えもしなかったから、その日だって、僕はいつも通りだった。

『行ってきます。たまに帰って来たんだからさ、部屋の片づけくらいしときなよ。勝手に触られるの嫌だって言ったの自分だろ、埃《ほこり》ぐらいたまには払っときなって』

結局、掃除はされなかった。前に住んでいた僕たちの家、父が売れない本を書いていた頃の自室は、今も埃を被っている。

「波見さんは」

口が勝手に動いている。疑問は抑える間もなく飛び出した。

「父が死ぬと、わかっていたんですか」

欲しかったのは否定で、実際に来たのは沈黙だった。時間を与えられると妄想が頭の中で育つ。どんな言葉が来れば納得するだろう。僕の予想がどうか外れていてほしい。

「明日木先生」

話すか、黙るか、誤魔化すか。

口を滑《すべ》らせてしまったのだろう一言をどう処理するか、たった十秒程度の間に無数の逡巡《しゅんじゅん》を重ねたに違いない重さで、波見さんが口を開いた。

「私は、知っていたことがあります。君が知らなかった、早瀬先生のことについて」

覚悟は、この時点で多少できた。わかっている。次に波見さんが語るのは、きっと、早瀬桜之助が引き換えにした人生、目撃されていた愛人の正体で――。

「早瀬桜之助先生は、心臓に疾患を抱えていました」

ゆっくり、来た。

言葉を聞く↓意味を認識する↓理解する↓受け止める。その流れの中で、思考がひどく滞《とどこお》る。未知の数式を聞くよりも聴くという行為が成立しない。

波見さんは、逃げずはぐらかさず丁寧に語ってくれたと思う。

父が罹《かか》っていた病気の名前であるとか、発覚したのは【クロノスタシスの水平線】を執筆中、アメリカ渡航前に波見さんが連れて行った健康診断の結果であるとか、書斎に住みはじめたのも体力の低下があったからだとか、家族には伝えてあると本人は言っていたこととか——それが真っ赤な嘘だったと、葬儀の時に知り愕然《がくぜん》としたことだとか。

僕はと言えば、声が、うまく出ない。

何を言うべきか、台詞《せりふ》がまったく浮かばない。

「おかしな人だと思っていました。けれどあの時ほど、わからないと感じたことはない。家族を心配させたくなかった、のですかね。噂《うわさ》があったとはいえ、法的にはまだ決定的なものが何もない離婚に多額の慰謝料を払って応じたのも、【夫を病で亡《うしな》った】という傷を伴侶《はんりょ》に作りたくなかったから？　……どれも、私がそう思いたいだけの願望に思える。遺書も残さなかったあの人の心の内は、永遠に推測するしかありません」

それでも、と波見さんは言う。

もしかしたら、晩年の早瀬桜之助に最も寄り添い、彼自身でもある作品に向き合ってきた編集さんが、唇《くちびる》を噛《か》みながら。

「傑作を残し、人気絶頂のまま若くしてこの世を去る。できすぎたくらい劇的で、そうなったからこそ存在はパッケージングされ、文豪として完成したのかもしれない。……私は、そんなもの、してほしくなかった。もって三年と言われた日から、三年が過ぎて八作目の執筆中。満足に執筆できる時間もほぼなくなってきた早瀬先生から、これが遺作だろうなんて言われても……叶うなら、早瀬桜之助の次の作品を届ける手伝いを続けさせていただきたかった。この気持ちは、波見志代子《しょこ》の本当です」

波見さんは、泣かない。おそらく、流すべきものはもう、二年も前に流しつくした。

ここにあるのは、流すべきものが枯れても今なお残る、悔《く》いと惜《お》しみの傷痕だ。

「しん君。君は、お父さんにならなくていい。ちゃんと生きてね。元気でいてね。それで、もしもできるなら――お別れをする機会をちょうだい。私ね、こんなことを言うのは、編集としてだめかもしれないけれど……作家さんが大ヒットする喜びより、急にいなくなっちゃう悲しさのほうが、ずぅっと大きいってわかっちゃったんだあ」

握られた手は、震えていた。波見さんの中にある恐れが一部でも、僕に確かに伝わった。強く強く握る手の強さは、不安で願いで祈りで頼みの切実さだ。

……ああ。僕のほうこそ、こんなこと。作家としては正解で、人間としては失格なのかもしれないけれど。

この取材のおかげで、わかった。これまでどうしてもわからなかった、ある理由が。

「大丈夫だよ、はみ姉ちゃん。言ってるだろ、長生きして書き続けるのが、僕の主義だ。頼まれたって、命を捨てる書きかたはしない。歴史に残る傑作が書けるとしてもね」

救われたようにはみ姉ちゃんは笑い、頷く。

――僕は。その事実で救われなくなったやつについて、考える。

〈3〉

わかったからそれがなんだ、という話がある。

後悔は先に立たず、人生にロード機能はない。それにそもそも、僕たちはあの出逢い方と、あの関わり方をするしかなかった。僕が新井進太朗で、彼女が新井りやなである限り、この破局は何度やり直しても歴然だったのだと今ならわかる。

それでも、益体《やくたい》もない妄想をした。

もしも僕が、彼女と出逢った残暑の日に戻れたら。

才能をあげる、自分の言う通りに自分の読みたいものを書いてほしい、そうすればわたしも嬉しいしきみも大ヒットで幸せだという誘いを、受け入れていたら。

父と同じ契約を繰り返したとき、あの風変わりなリャナンシーと僕は、どういう関係で、どういうふうに接していただろうか。

家に帰れば迎えられ、まだ僕の書斎で、初めて出逢ったときのように、締め切りさえ忘れるような美しさで――自分にとっての理想の作品を書くのではなく、人の書く祝福として読んでいたのだろうか。知らず、変わらず、濁らずに、自分から消えようなんて思わずに――。

「あーーーーっ！　いたいた、アーラーシーーーーンッ！」

帰りのホームルーム後、考え事にふけりながらぼうと廊下を歩いていた僕は、曲がり角から現れ、全力でダッシュしてくる相手を目撃した。

「はぁっ……⁉」

よくわからなすぎて反射的に逃げている。相手自体は知人だが、一歩目からトップギアなガチ狩猟スピードに草食系変人としての本能が反応した。というかこう言っちゃ悪いんだけど、こっちから準備して絡む場合でも大変なのに、向こうのほうから狙い定めて来るときのあの人って、大概ヤバい用件をお土産にしてくるんですよね！

「ちょぉ、待ってってー！　逃げんな逃げんなボクちゃまじゃんよーーー！」

わかってるから避難してるんです、と叫び返す余裕もない。全力疾走しながらあんだけ喋れるのってどうなんだ、健康的な肉体を維持しやがってアウトドア派め！

「あのね今日はね竹丘高《タケコー》校美術部ＯＢとして指導にお呼ばれしたんさ！　案件やっつけて時間あったし、会いてー相手もいたかんな！　ふふふひひ、油断が過ぎるぜアラシン！　ボクちゃまを心構えしてからバトれるシンボルエンカウントと思うなかれ、フィールドで突如出くわすランダムエンカウントと心得よー！　がおーーーー！」

聞いてもいないことを、自分が言いたいってだけの理由で言ってくるモンスター。なんて楽しそうに人を追い詰めるのだ。

最初の距離はガンガン削れる。下駄箱まで後一歩、意表をついて中庭を突っ切ろうとするも読みきられた彼女に先回りされ、止まったところを「とぉーーう！」と飛び付かれ芝生に転がされた。

「ひゃっひゃっひゃっひゃ、捕まえたり！　これ次はアラシンが鬼か？　ボクちゃまが逃げっか？　ちゃーんと追い付いてくれるかい？」

「――いえ」

転がされて仰向《あおむ》けになり、俯《うつむ》いていた顔があがって気づいた。

今日の空は、実に晴れている。

こんな解放感にあふれた青さを、どうして喜べないものか。

走らされて、動かされて、自分だけでは来なかっただろう場所に来て。

なんだか、頭がスッとした。

そうだ。相手は逃げた。けれど自分は用がある。未練がある。言わなきゃ気がすまないことがある。

なら、簡単だ。

向こうも最初、そうやって来たんだから。

こっちからそれを、やりかえしちゃいけないなんて道理はない。

「今は、追い付いて、捕まえたいのが別にいるんで。また今度、でお願いします。ルクスピカ先生」

「にひゃ。ふーらーれーたー」

二つ年上の先輩はけたけた笑い、足をばたばた動かした。

【〆】


「うっし。というわけで行こっか」

「なんで?」

おかしいな。確かに断ったはずだが、解放されなかった。襟首を掴まれ引きずられ、連れていかれたのは来客用の駐車場で、そこにはもう一人の見知った顔がある。

「よ、新井。……って、どうしたよ、息上がってんぞ。それにその制服の汚れ……おい、何かやらかしたろ石動《いするぎ》。普通に呼びにいくって言ってなかったっけ」

「ふっ。スリル・トラブル・ファッショナブル、それがボクちゃまの信条さあ」

察し、の表情を浮かべる軽辺《かるべ》先生の顔は苦々しい。積年の苦労がにじみ出ている。

「すまん、この不確定弾頭に言伝《ことづ》てを任せたおれのミスだ」

「い、いえいえ。大した汚れでもないですから、大丈夫ですんで。それより軽部先生」

「おう」

「僕、どうして連れてこられたんですかね?」

苦虫・セカンドシーズン。再び問う目を向けてくる軽部先生に、ルクスピカ先生はサムズアップかけることのテヘペロで返す。

「ボクちゃま知ってるぞ! アラシンって、強引な女が性癖《せいへき》なんだよな! 感謝しろよなこのホスピタリティによ！」

「ぐふっ！」

「あのな、石動……好みは好みでも、二次元と三次元の違いとかな……」

僕は自分の深い部分が見透かされていたことでダメージを受け、軽部先生はルクスピカ先生の暴走機関車っぷりに胃の辺りを押さえる。なんかもう、あちらの心労を想像すると自分が見舞われた理不尽がどうでもよくなる。

「いひひ。普通に誘ったらなんだかんだ理由つけて断ってたっつーの。そういう顔だぜ、一目でわかった。軽部さんが心配するのも無理ねーショボショボクレクレ三昧《ざんまい》だよ。そういうドツボにはまってる時はさ、自分で出口が見つけられなくなってんだから、周りが強引にでも流れを変えてやんなきゃダメなんだよなー」

……まったく、こういうところがタチが悪い。破天荒《はてんこう》に見えて計算ずく、無茶苦茶のようで最適解、後から知ったら責めるに責められないし、感謝しようとしたら『そんなことしたっけかー？』と受け流すのだからたまらない。

「えっとな、新井。順序はちょっとおかしいが、どうだろう。おれと石動、これからドライブにいくんだが、ひとっ走り付き合わないか？　明日木青葉に聞きたいこともあるんだ。時間をとらせる分、謝礼も払うよ」

「……もちろん、よろこんで。けど、謝礼は結構です。お二人には、普段からお世話になりっぱなしですから」

「うーっし決まりだ出発！　オーシャンビューが、ボクちゃまたちを待っているー！」

運転席に軽部先生、助手席にルクスピカ先生、僕は後部座席に乗り込み車が動き出す。

車内で流れるのはゴリゴリのアニソン、みずあめぽっと先生の作品のＯＰ曲だ。それをノリノリで二重奏《カラオケ》しながら、ルクスピカ先生はタブレットを起動する。

「ほいこれ、ご要望を盛り込んだ新キャラちゃんのラフ！　刮目《かつもく》せよ！」

「おおお……いい、いいなあ……！　なるほど、この絵、この顔、このデザインなら、展開を少し直したい、恥じらわせるのがよく似合う……！」

「恥じらい展開オッケー！　ならならここんとこ、こういうパーツを足しといたほうが挿絵映えもしますっしょ！」

信号待ち中に見せられた画面にみずあめぽっと先生は熱いフィードバックを行い、それを受けたルクスピカ先生はリアルタイムで修正を始める。

何を隠そう、今流れている主題歌の、みずあめぽっと先生のアニメ化作品のキャラデザ他諸々《もろもろ》を担当しているイラストレーターこそルクスピカ先生なのだ。ドライブと合わせて行われているのは、来春出版予定の最新十巻に関するミーティングであり、僕の知る限り、二人はこの形式を彼女が在学中から続けているという。

本来、諸々のトラブルを避けるため、作家とイラストレーターが編集を介さずこうした形で意見を交わすのは珍しい。

だが、二人はどんな運命の悪戯《いたずら》か、高校の非常勤講師と美術部所属の問題児として出会い、ひょんなことからお互いが自分の担当だと知り、『よりよい作品作りのため』という名目でこの打ち合わせスタイルを取るようになったという。

ドライブ中にするのは、教師と生徒が学校外で親密にしていた、という万が一の誤解を避けるための移動式打ち合わせ空間であり、ルクスピカ先生が卒業してからはその必要もなくなったはずだが、このやりかたが気に入った、ということで今に至っている。

……で。どうして僕がそこに居合わせているのか、といえば。

「ねーねーねー、この子どう思うアラシン？　興奮する？　エロい？　グッと来る？」

性癖のサンプル、アンケート回答者だ。

以前、不意の雨に降られた時に僕を家に送ってくれる、と軽部先生が言ってくれた時、偶然同じシチュエーションになった。参考にと意見を求められ、ルクスピカ先生が気に入り、軽部先生もそれはいいと取り入れたところ、新キャラはこれまであまり作品にはなかった、けれど潜在需要があった存在としてファン層を広げることに成功し、以来、都合がついた時は僕も打ち合わせに混じることになったのである。

――誰を刺すか、どう刺すか。その範疇を広げる時は、自分にないやりかたを取り込むのが、早道になる。

「……そうですね。この吊り目、いかにも悪だくみと痛い目にあうのがセットというのがデザインから期待できる造形はときめきます。彼女がこれからみずあめぽっと先生の手でどうハプニングにもまれるのか考えると胸が熱い。その上で、一介のファンとしてわがままを許されるのであれば……せっかくこれだけの武器をお持ちなら、ここ、胸の下に、通気性抜群の穴が欲しい。アンドロイドヒロインなら、排熱機構というアプローチがある。周囲に強調のマークもいれましょう」

『おぉぉ……』との嘆息《たんそく》が運転席と助手席から聞こえる。

「まさしく画竜点睛《がりょうてんせい》。一目見ただけでそれに気づくとは、末恐ろしいな、明日木先生。みずあめぽっとはストライクゾーンガバガバなオールマイティ煩悩《ぼんのう》研究家だが、お前はある分野に於《お》いて、おれを凌駕《りょうが》する業《ごう》を持っている。これを成長させたとき世界がお前をどうするのか、見当もつかないよ」

「ボクちゃまブルッちまった……久々思い出したぜ、変人志望の常識人と見せかけて実は根が深いフェチ野郎のヤバさを。時代が時代なら英雄か革命家だ。これから夜道には気をつけることだな」

「下乳ホール提案だけで未来壊れることあります？」

素直に喜べない。両先生が普段やっている洞察や市場調査に基《もと》づいた判断ではなく、感じたことを言っただけの思い付きが評価されるのは、ただのラッキーパンチというか

『実力で狙って当てた』感じがしなくて。加点が過分に思えて恐縮《きょうしゅく》する。

「ほら、そんな顔すんな。前から言ってるがな、新井新太朗も明日木青葉も、自分を過小評価しすぎなきらいがあるぞ」

「……う。みずあめぽっと先生はそう言ってくれますけど、でも」

「でもは禁止。教師で読者の言葉だ、ちゃんと聞け」

バックミラー越しに目が合う。非常勤講師として人気な、ぶっきらぼうに優しい大人の先生の目が、僕を穏やかに見つめている。

「褒められたら素直に嬉しいでいいんだよ。自分が意図して仕掛けたことを意図したふうに喜ばれることばっかじゃねえんだから、よかったのお褒めは何であれエネルギー源として食いつないでいこうや。そうじゃないとなあ、作家なんて商売は、独りぼっちで暗すぎる。繋《つな》がってるって感触を、明るく楽しく受け入れろ」

「よくぞ言ったキャンディティーチャー！　あまあま授業ごっそさんです、気に入った、そろそろバ美肉《びにく》してみねえか！　ボクちゃまデザインだけは当て書きで作ってあんだ！　断言してやる、あんたなら狙える、個人勢の星を！」

「それ前から断ってるよな？　言っておくが、くれぐれも担当に変なこと吹き込むなよ。余計な外堀埋めるのが異様に得意なんだからな石動は……！」

うきゃきゃきゃ、と必死の訴えにどっちとも取れる反応をルクスピカ先生は返す。

「んじゃボクちゃまも先輩らしく名言風にテキトーなこと言っとくか！　アラシンやよくお聞き。クリエイターに限らず、セルフコントロールも立派なオシゴトじゃん？　ついでに、セルフブランディングだって現代じゃあ立派なオシゴトだ。そんならたまにゃ能天気こそ大正解、狙ってもねえ球が偶然ストライクしたときこそ、いいか、ニヤッと笑うのさ。ぜぇんぶ狙ってましたけど？　みたいなツラしとけ」

そうやって実演する、ルクスピカ先生の笑顔は、眩《まぶ》しくって見惚《みと》れてしまう。

「事実をただ記すんじゃない、主観《フィルター》通して書きたいことを書いてる物書きってのは、空想《ユメ》でカネ取る商売だろ。だったら尚更《なおさら》、気持ちよくさせるのが第一だ。それを書いた自分も、読んでる相手も幸せにしろ。次を創るために。次を見させるために」

「読み手だけが楽しくちゃ、書き手は続けられない。書き手の独りよがりでも、読み手は去っていく、と……ズルいよな、石動は……適当ぶっこいてる時のほうが真面目に聞こえて、重みがあって。それも計算だよな？」

「やっもう、なに急にそんな照れちゃうよん……！　あーん、先生が口説《くど》いてくるー！たすけてアラシンー！」

「……あははははは」

いや、お世話になりっぱなし。助けてもらったのは、こっちのほうだ。

「自分にとっては、当たり前にできたこと。それがそういうものであることは、ズルでも気に病むことでもない。せっかく他にはない特徴なら、開き直って上手に使っちまえばいいんですね。それがどうしたこれが自分だ、って。そういう、図太い解釈で」

「そうそう、その調子だ」

「わかってきたじゃん！」

長い赤信号が変わる。

車は走りだし、勾配《こうばい》を越え、トンネルを抜け、そこにやってきた。

お決まりのドライブコースの終着点、パノラマで海が臨《のぞ》める自販機エリアの休憩地帯で、軽部先生が僕らにドリンクを奢《おご》ってくれた。

甘くて熱いコーヒーが、舌先から頭に活力を回す。柵に寄りかかって、海鳥の飛ぶ景色を眺める。

彼方《かなた》には水平線。僕が見えない場所を、あの鳥は見ている。僕のまだ知らない世界に、別の当たり前を備える人たちが生きている。

「たとえば、なんですけどね」

「おう？」「なんじゃらす」

ふと思い立ち、左手のみずあめぽっと先生、右手のルクスピカ先生に聞いてみた。

「もしも、自分の寿命と引き換えに、自分では創れない、死後も名前が残り続けるほどの傑作に手が届くとしたら。……お二人だったら、どうしますか？」

「んん？　ああ、ちょっと前にもしたな、それと似た話」

「はーん？　おうおう、ボクちゃまを差し置いて教師と生徒がイケないトークか？　混ぜろ混ぜろ」

「明日木先生の作品の構想だよ。その時は、そそるご奉仕ヒロインの設定が主眼《メイン》だったが……そこだけ抜き出すと、ふふ。悪魔との契約みたいだな」

「……ええ、本当に」

命と願いの等価交換。魂を捧げれば望みを叶えてやる——現象だけ見たならば、その手の逸話と実に近い。

そう。人間は誰しも、どのような暗愚《あんぐ》・凡人・無才であろうと、例外なく奇跡を持つ。今ここに生きている、ということ。

あまりに輝かしくて、代えもきかなくて、その残高は凄《すさ》まじい価値がある。熱狂の作品を創り上げる、本来必要な苦難をスキップして、結果だけ与えてもいいくらいには。

みずあめぽっと先生はおしるこの缶を傾け、水平線を見やって言った。

「あの時も答えたが……改めて、となると、そうだな。おれはこういうふうに答える。

『書くことのみが、生くるにあらず』」

「……うん。そうですね。みずあめぽっと先生らしい答えだ」

これまた、ぐうの音も出ない。

創作者である以上、僕らは大なり小なり、創るという行いに偏重《へんちょう》している。これがなければ人生じゃない、と熱を入れあげ、打ち込んでいる。

けれど。創作者は、生き物だ。僕らだって誰だって、それだけをするために生まれたわけでも、それだけをして生きてきたわけでもない。

創る以外の楽しさを知るからこそ。

『創られたものを、楽しんできた』からこそ。

僕らは、創作者になったのだから。

「楽しみたい作品もまだまだあるし、まだ見ぬ傑作が次々に創られてくる。これは確実、絶対だ。おれは何も足りちゃいないし、未来を放棄《ほうき》できるほど満足できてもいない。要するに、作家・みずあめぽっとは、混じりっけなしの煩悩野郎ってことで。いや恥ずかしい。今後もこの恥ずかしさをさらけ出せるよう、精進して参ろうか」

「ほほ、さすがは実家が寺の元坊主だけあるねえ。一休宗純《いっきゅうそうじゅん》スタイルとは恐れ入った」

「南無。そういう石動は、どんな説破をくださりますかい？」

「決まってんさ」

くい、と呷《あお》ったソーダの缶をノールックで後ろに放ると、見事にくずかごへ入った。

「その御大層な傑作が、命を捧げねぇと届かんシロモノだと、一体どこの神さまちゃんがお決めなすった？　ンなチートなくても生きたまんまで至ってやる、そんで、その作品よりゲロヤベーもんいくらだって作ってやっから期待して見てろ、応援よろぴこ」

啖呵《たんか》を切った瞬間に吹き抜けた風は世界の文句か、はたまた、挑戦受け取ったの印か。

いずれにせよ、彼女はそんなものさえ己の補助にする。激しく波打つ髪と歯を剝《む》く笑顔が、この上なく、絵画《スチル》のようにキマっていた。

……ああ。結局は、そういうこと。

作家として、作家であるほど。寿命と人生を差し出す傑作なんてのは、割に合わない。

それができるのは——作家としての基準が、完全に逸脱しきった本物の変人か。

あるいは、己よりも究極的に【読み手】を優先する怪物なのだろう。

「でよ」「でしてだが」

いかした大先輩方に左右から見つめられる。振った以上振られ返すは当然の流れで、この期《ご》に及んで逃げ場はない。ああ、勿論僕も、今更逃げるつもりはない。

「そんなシチュエーション、お前はどうするのかね、明日木先生」

「伸び悩む作家として、いっちょ教えてくだしゃんせ、アラシン」

では、ご期待に応えよう。二人がそれぞれ、僕に答えてくれたのとはかぶらないような、僕が僕であるから言えることを。

冬の風が冷たい。

瞳は海の向こうへ。

彼女が生まれ、初めてそれをした、彼方の国の丘のほうを、新井進太朗は眺めている。

口には出さず、頭の中で言葉を贈る。

――ねえ、父さん。早逝《そうせい》の大作家、早瀬桜之助。

これが、明日木青葉の答えだ。

「僕も乗りません。誰かの命を奪って、その後に作品だけ残されるのは、それをさせてしまった側も寂《さび》しいに決まってますから。その時はわからなくても、いつかきっと、それを実感してしまう時が来る。なら、そんなつらいのを、僕がまた繰り返させるのはごめんです。続けさせるなら、問答無用のハッピーが主義なもので」

〈4〉


創作には、やりかたがある。

文法や語彙《ごい》選択に構成の技術、画材・テイスト・表現技法——では、ない。

何のためにそれをするのか、だ。

内に秘めたるときめきを、必ずいる同志たちに届けて共感したい、という人がいた。

彼はひたすら自分と対話し、己の趣味を掘り下げた。

世の流れに乗り、最前線に居続けることで生涯絵描きでありたい、という人がいた。

彼女は貪欲《どんよく》に四方を見張り、皆の興味を取り込んだ。

——喪失との向き合いかたを記すのは、いつかそれを迎える時のためです、と後書きに書いたやつがいた。【泣かせる】作家はその通り、人気絶頂期の早逝をもって自身の哲学を完成させた。

そして、悲しみの反復なんて誰がするか、安易な逃げの御都合主義と笑われようと、滑稽《こっけい》なほど底抜けに明るく幸せな続く話を、偏屈《へんくつ》に追い求める阿呆が此処《ここ》にいる。

創作の、やりかた。それは作品への、信念の配合方法だ。

読まれたい、売れたい、己の価値を示したい、何かを変えたい、とにかく創らずにはいられない——だからこれを創ったと、イコールで繋がるその動機。そこには上下も貴《き》賤《せん》もないが、誇りと願いは確実にある。

何も感じず、何も思わず、何の感情も込めずに作品を創ることは、人にはできない。必ずある。何かがある。それを創ったものと、創られたものは、どうやったって繋がらずにはいられない。

だからある。ここにもある。

人ならぬ妖精だろうと、人と住み、人と笑い、人と過ごした彼女の心は、何を思い、何を願い、何を求めていたのかは――連ねた言葉、その手が紡いだ物語に残されている。

これからそれを、読み解こう。

「それじゃあ――お手柔らかに、りやなさん」

彼女の部屋で、彼女の使っていたPCを、彼女がいなくなってからはじめて立ち上げる。パスワードはかかっていない。

壁紙は、海外の風景写真。青い空、緑の丘、小さな家。その入口に添えるようにして、文章《テキストデータ》ファイルが置かれている。

ファイル名は【旅】。それは正式なタイトルか、仮置きの識別名か。

少なくとも、内容を示していた。

形式は、短編集の三人称オムニバスだ。主人公は絵画や音楽、彫刻に詩、様々な分野の芸術家の男性たち。異なる時代、異なる場所に生きる彼らはそれぞれに、それぞれの理由から、創ることに閉塞している。生み出すものは理想より遠く、もどかしさを抱えて思い悩む様子が、胸を抉《えぐ》る鮮烈なリアリティで描かれる。

そんな中、彼らは出逢うのだ。

己の人生を一変させる、【運命の相手】に。

ある時、それは夕立のように優しい年上の女性だった。ある時、それは淡々と厳しい年下の少女だった。ある時、それは幼き日に別れた隣家の思い人と瓜二つだった。ある時、それは自分の性別をそのまま移したような中性的な存在だった。

女たちは、言った。

『受け入れて。愛させて。わたしが君を、なりたい君にしてあげる』

男たちは受け入れ、それぞれの蜜月が流れていく。

女たちは男に、何を教えるわけでもない。ただ、美しきもの、惹《ひ》かれてやまぬものとしてそばにある。それだけで、計り知れない影響を及ぼす。

何かを創るのは、技術より知識より先に、そのものの精神だ。女たちがそこにいることで満たされた心は、男たちが、独りでは決して生み出せなかったものに届かせる。

芸術家が、大成していく。

眠りに涙を与える絵が、空の色を変える旋律が、百万の言の葉を語る彫刻が、風に抱きしめられる詩が、次々に生まれ、人々は歓喜する。

創作は、世界という水面《みなも》に投じられる石。広がる波紋は人に伝わり、伝えられた人もまた、別の創作を始める。世は波紋に溢《あふ》れ、感動が響きあっていく。

それはそれは素晴らしいことだ。自分が生んだものが愛され、自分もまた愛される。芸術家たちは、しあわせを手に入れた。

そうしてみな、ばたばたと死んだ。

理由は、極端に描写されていない。【病】【事故】【なるべくして】、そんなふうな、短い一言だけが添えられている。

それはしかし、一律で、悲しむべきものとして描かれない。

芸術家たちはみな手に入れた、とある。愛も。富も。名声も。誇らしい傑作も。

彼らは、満杯になった。その手に、人が求める多くのものを得て、携《たずさ》えていった。絵描きも、音楽家も、彫刻家も、詩人も、悲しみ苦しみ世を儚《はかな》みながら最期を迎えたものなど誰もない。誰一人の例外なく、笑い、喜び、満ち足りながら旅立った。

芸術家たちも。生み出された作品に触れた人々も。価値あるものが新たに創られた世界も。すべてが得るばかりで、幸福の総和が増した。

そのことに、満足する。

女たちは、満足する。

世界に価値が増えていく。愛で世界が満ちていく。女は、女は、女は、女は——今日も愛すべき誰かを探し、旅をしていく。

旅路を行く手に、遺された素晴らしき創作を携えて。

「——そっか」

一文字を、一文を、ゆっくりと指でなぞるように読み終える。

喉が渇いた、と思う。

「これが、君の見た、君の世界の解釈で……君の書きたいものだったんだな」

紡がれる出逢いと愛。増え続ける幸福の総和。芸術家の生きた意味。女の恋する意味。

長い、旅の物語。

それはしかし、【終章】に入ったところで、止まっていた。

最初の一文、それぞれ時代も場所も違う芸術家たちを、愛し、導いた女たちが、ある丘の上で一堂に会するという衝撃的なシーンを描き——その次には、不自然な改行をいくつも挟み、文頭に一段空きも入らず、こう書いてある。

ごめんなさい

「————さて」

朝はまだ遠く、深い夜の闇は濃く、何故《なぜ》だか奇妙に心が弾む。

僕は、珈琲《コーヒー》を淹《い》れることにした。一旦PCから離れ、空気の冷えた台所で、湯の沸《わ》くヤカンの様を見る。陰気な高揚で、苦笑が漏れた。

「犯人は、この中にいる、とか」

物的証拠まで見つけてしまった。一体彼女に何があったのか、そもそも、彼女にそうさせてしまったのは誰なのか。やれやれ。本当に、やれやれだ。

「こういうの、なんていうのかな。業務上過失致死、でいいんだっけ」

毒杯を呷る気分で珈琲を飲む。飲みなれないブラックの苦み、淹れたての熱さが喉《のど》を焼く。痛い。苦しい——目が冴える。

「まあ。だとしたら、か」

僕はこれからプラスのことをしようと思って、彼女の書きかけを覗《のぞ》いたつもりだった。けれど、ところがどっこい。蓋《ふた》を開けてみればどんでん返し、僕がやろうとしていたことは、プラスじゃあなく——。

「——マイナスの帳消しだな。しでかしてしまったことへの、始末をつけなきゃ」

解釈なんて容易《たやす》く変わる。世界の見え方は、文章一行で裏返る。今の僕がそうであるように——きっと、あの夜の彼女もそうだったんだな。

「そんじゃま、罪を重ねるとしますか。いやとは言わないだろうよ、なんてったって、最初に言い出したのは向こうの方なんだから」

喉も頭も潤った。カップを洗い取って返す。

りやなさんの部屋の、ＰＣの前に座る。立ち上げたパソコン、開かれたファイル、識者の方々においては悲鳴をあげるでしょうが——コピーなど、とってやらない。

「お邪魔します」

指先を動かすのは鬱憤と敬意。キーボードが喝采《かっさい》を上げ、情熱の衝突を歓喜する。

ではこれから、明日木青葉最大のリスペクトをもって。――

新井りやなを、蹂躙《じゅうりん》しよう。


【〆】


「――――あっは」

書きながら喋る、なんてことはない。

頭の中で無数の言葉は躍り狂っても、それを実際に口から出したりはしないのだ。

普段なら。

僕が僕なら。

「いひ、っひ、うひひひひひひ」

たまらない。止まらない。抑えられない。どうしようもない。

脳で思考して、指から出力して、それだけでは処理しきれないものが、別のところから溢れている。喉を通って空気を震わせ、打鍵《だけん》の音と協奏する。

参ったな。賑やかだ。

おい。創作は孤独だなんて言ったのは誰だ。

今、めちゃくちゃに騒がしいぞ。

「えへへへへへへへへっ！」

指が動き続ける。言葉がロンドのステップを踏む。これは手癖《てくせ》か。いや慣れだ。離れていても覚えている。遠ざけたのに染みている。ずっと放っておいたのに、触れた瞬間錆《さび》が砕《くだ》けて輝いた。

「ああくそ、くそくそ、もうもうもうさあ！　なーんでこんなにできちゃうかなあ！」

自分の口から出た不満の、答えを自分は知っている。

あのなぁおい、新井進太朗。自分がそれを、何度読んだと思ってる。

まだ内容を理解できるだけの年齢でもなかったころから、プロローグからエピローグまで、辞書を片手に擦《す》りきれるほど。表現の美しさに胸を震わせ、絶妙な間の取り方に膝《ひざ》を打ち、わからないものをわかろうと、そうすることでもっともっとそばに寄れると、話ができると、最初は話題作りくらいのために、次第にそれは家族ではなく作家としての敬服に変じていくほど何度も。写経めいた模写までやって、いつしかそこに、自分の欲が育ち始めるようにもなって。

知ってるだろ。

忘れたふりなんてするなよ。

お前は早瀬桜之助に憧れて、小説家を目指したんだろうが、明日木青葉。

「できる、に、決まってんだよなあ！　早瀬桜之助の書きかたなんて！」

早瀬桜之助の好んだ単語、多用した表現、作家性が表れる悲劇性。

それを今こうして追うたび、連鎖して、本の外まで思い出す。

あの人の、作家としてではなく父の顔。一緒に入ったお風呂で歌った調子外れの歌、自転車を練習しにいった公園、慣れない手つきで作ってくれたチャーハンの味。二年前までそこにいた人、これからはもう、どこにでもいる人のこと。

僕が知る、僕だけが知るであろう顔が懐かしい。……この胸の痛みを、感じなくていいものとは思わない。受け取ったものの多さを、こんな時だからこそ想う。

けれど。血の繋がった親子で、私生活の早瀬桜之助を知っているからこそ、彼を真似られていると言われるのは、心外極まる。

そんな不確かなものでも、温かいものでもない。これは執念だ。僕が僕として培《つちか》ったものだ。小説家早瀬桜之助の研究成果、著作を繰り返し繰り返し繰り返し読み、手で写し脳に覚え込ませて辿り着いた、泥臭い文章演技力。

情けないだろ。自分が好きなものと同じものを書ければ、それで作家になれると、勘違いしていたんだ。創作の世界で、誰かとそっくり似たものなんか作っても、先駆者の劣化で贋作《がんさく》、二番煎《にばんせん》じにしかならないのに。

「精々御覧《ごろう》じろだ、渾身《こんしん》の二番煎じ！」

ろくでもないことをやったせいで、苦労したんだよ。

【早瀬桜之助】を脱色するために、他の作品に触れて薄めようとしても、根底に染みた匂いはそうそう取れない。三つ子の魂百まで、自分のせいとはいえ、おかげで何度、鬼の編集にボツを食らったか。

言われたなあ。『早瀬桜之助を読みたい人は早瀬桜之助を読む、生半《なまなか》な出来のものを出しても、読まれず君が傷つくだけです』って。

当時は思ったさ。それの何がいけないんだって。自分が好きなものを好きなように書いたら作家失格か？　作者ってのは読者の奴隷か？　違うだろ？　創作っていうのは、もっと自由で楽しくて好き勝手で気持ちよくて——。

「クソ馬鹿野郎、明日木青葉ッ！　聞こえのいいこと言ってんじゃねえ！」

ああ、それでもいいんだろうな。本当に一握りの、自分の世界に相手を巻き込む天災みたいな天才だったら。

でもさ。そうじゃないだろ、凡才。

作品を、書くだけじゃなく見られたいと思った時点で、競技の意味は変わるんだよ。砲丸投げからキャッチボールだ。受け手がいるなら、受け止められるよう投げないでどうするよ。相手のいる場所も、相手の顔も見ずテメエが気持ちいいだけのものをブン投げて、取れないのを罵倒《ばとう》するとか何様だ。

伝えること。伝わること。こちらが投げたものが、投げられた側の胸に収まること。

誰かに向けた創作は、届けるためにあるものだ。

「相手には常に、それを拒否する権利がある！　そうならないように精一杯の手を尽くす、味わう時の表情まで考える！　まったく結局、料理と似てるな、創作って！」

本当に楽しいものを創る時、気持ちいい瞬間ばかりじゃない。やりたいことを曲げる瞬間も、自分の無力に嫌気が差す瞬間もあるだろう。なんでこんなことをしているんだ、どうせ見合った得もない、自分の中の賢さが内側から囁《ささや》いてくる声を聞く。

創作なんてやってても。

報われるとは限らない。

「しかたないだろ。それでもやりたいと、思ったんだから」

創作なんてやらかすのは、揃《そろ》いも揃って変人だ。やらないでもいいことを、やらずにいられない連中だ。僕は目指すまでもなく、とっくのとうにそれだった。

しなくていい苦労を望んでしている。採算のあわない馬鹿をしている。何のために？

「これでしか手に入らない、気分のために」

ようやくわかった。

大事なのは、創るもの、それだけじゃない。頭を捻《ひね》って知恵を絞って手の先から生み出していく、その瞬間にこそ存在する、自分が世界になったみたいな熱量。錯覚だろうと真実の、人生一個を生き抜いたくらいの達成感。

苦しくてしんどくて意義も信じられなくて、でも、途中でやめたら得られない感覚が、僕らを創作に誘《いざな》っている。

ご愁傷さまだ。一度味わったら最後、何度でも蘇《よみがえ》る。いっそぶっ倒れたい時、投げ出して遊びにいってしまいたい時、それで得られる解放感を超越する快感の体験が、新たな地獄に何度でも引きずり込む。そこに、創ったものを味わってもらう経験なんて掛け算した日には、取り返しがつかない。

きっと。

あんたもそうだったんだよな、父さん。

「あんたなら――こうするよな。早瀬桜之助」

そうして、最後のエンターを押した。

勢い書き上げた時には、日が赤い。暁《あかつき》かと思えば、笑えることに黄昏《たそがれ》で、どうやら僕は半日ばかし、飲まず食わず姿勢も変えず離席もせずの無我夢中でいたようだ。

興奮のせいか眠気はないが疲労はある。一度PCを閉じ、身体をほぐして温めるために風呂に入り、冷蔵庫から愛飲のドリンク、茶色い瓶を二本ばかし持って戻る。

そして僕は、「はー、疲れた疲れた」と部屋の真ん中であぐらをかき、「ほい」とそれを投げ渡した。

PCの前に座っているりやなさんはそれを掴まず、胸に当たって畳の上に転がった。

やあ、久々。その相貌はやっぱり、恐縮するほど美しい。

――今。透き通るようだった彼女の肌は、比喩でなく、半透明に薄れている。

「どうして、なの」

懐《なつ》かしい、美しい声は、まず、疑問を吐き出していた。

「どうして、こんなことしたの」

「いきなりだね。こういう場合、ただいまが先だと思うけど」

「わたし、帰ってきてない。……きみがそこに座らなかったら、姿を見せるつもりもなかった」

「おお、つまり僕がしたことは正解だったってわけね。よかったよ。こちとら身勝手なハッピートゥビーコンティニュー主義、読者の身になって考えるってのは不馴《ふな》れでさ」

「シンタロー！」

「こうすればまた、りやなさんに会えると思った。君はまだ、何処かに行った訳じゃなくて、ここにいて見えなくなっているだけだってのは、わかってたからね」

そう、わかっていたことだ。彼女本人の口から聞いたように。

りやなさんは、父にとり憑《つ》くまで、海外の個展会場にいた。僕と出会う前、ここで消えていくといっていた。

おそらく彼女は、姿を消した時、新たに誰かに憑かずにはその土地から離れられず、そこに留まっている。ただ、僕にはわからないだけで。

「普通に呼んでも出てきてくれなかったからね。そっちのほうから出てきたくさせてやるか、と思った。姿を消したままじゃ、普通に物に触れないだろう、と踏んでさ」

わざわざこれ見よがしに、彼女の部屋で、彼女のＰＣで、大騒ぎしながら書き上げてやった甲斐があった。家のどこにいるかはわからなかったが、これなら嫌でも気になるし、耳に入るし、来たくなる。

そして、気になる僕が書き上げた原稿は、彼女が再び、実体化しないと見られない。

色々と、ギリギリで間に合った。

父と別れてから僕が訪れるまで、この屋敷に放置されていた彼女は『妖精が在《あ》るためのもの』を得られていなかったせいか、愛を得るのを諦めたせいか……瀬戸際《せとぎわ》にいた。出逢った時にも言っていたもんな。『どんどん薄くなっていって、もしかしてこれで終わりかな、と思ってた』って。

でも、まだ、間に合った。

薄れても、消える前に、こうして会えた。

「目標達成だ。好きに読んでいいよ、りやなさん。君のために書いた原稿だ。僕に書かせるのが君の念願だったろう？　お礼は感想でも聞かせてくれればそれで」

「読まない」

りやなさんは、断定した。それが自分をより追い込むと、きっと知った上で。

「読む資格、わたしにはない。だって」

言葉はそこで一度詰まった。何を言うべきかを考えている間ではない。言うべきことはわかっていても、自分がそれを言うことを、心の底から恐怖している顔だった。

「だって……だっ、て、て……っ」

言ったらもう、取り返しはつかない。けれど、言わなかったところで、事実は変わらない。彼女の中でぶつかっているのはそういう葛藤《かっとう》で、その重みはきっと、自らの首筋に添えた刃《やいば》に力を込めるのと同じくらいのもの。

身体が震え、歯の根が鳴る。吐息は荒く、目が泳ぎ、顔色は青ざめていて、そして。

「だってね」

そして彼女は、添えた刃を押し込んだ。


「きみのお父さんを殺したのは、わたしだから」


一度境を越えたなら、もう止まらない。血が噴き出すように、堰《せき》を切った言葉があふれる。ある種の熱に浮かされて。抱える罪に、引きずられて。

「わたしが。わたしがやったんだ。サクノを死なせた。サクノだけじゃない。ヴェンも、ヴォルザーも、ミケラも、アージャも、シドロスも、チャールスも、わたしのせいで。いいひとだったのに。やさしかったのに。わたしに笑ってくれたのに。みんなみんな、殺したの。生きているのは、幸せなのに。生きているのが、一番なのに！」

リャナンシーとは、なんだ。

人に愛と才とを与えるもの。その果てに殺すもの。殺さなければ、ならないもの。姿は人に似て。人と通じる言葉を紡いで。人と暮らしを共にして。そんなふうにどれだけ近かろうが、人ではない以上、人とは違う線上に生きている。生命のスパンも、社会性も大きく異なる。ならば、基準とする価値観、特に——幸福と不幸の捉《とら》えかたなんか、決定的に人と違う。

違うモノの、はずだった。

「わたし、それでいいと思ってた。でも、でもね、知っちゃった。わかっちゃった」

人の話を書くということは、人を追い、人に添い、人と成ることだ。

取材と想像、これまでせがんでやらせるだけだった【創作活動】に自ら取り組むのを通して、彼女は摂取してしまった。近くにありながら分かたれていた、人間の感情を。

結果、学んでしまった。

自らが続けてきた行いの、別の解釈を。

「その人は、よくっても。残された人は、どうなるの？」

泣きそうな声で、それでもその瞳は、乾いている。

自分にはその資格がない、と、彼女は言っていた。

「勝手な愛にかまけてばかりで、わたしはきみから、みんなから、愛する人を奪ったんだ。取り返しのつかないことを、してきたんだ……」

特定の人間への愛、それだけしかなかったものが得た、愛する人間以外への痛みに対する、共感。

その獲得が、リャナンシーを追い詰めた。

ごめんなさい、なんて。

どこにもなかったはずの、罪の意識を芽生えさせた。

「――それ。僕のせいだよな」

タイミングから逆算すれば、それ以外にはない。

彼女が失踪したのは、ルクスピカ先生への取材の日……彼女が人の欲求の学習を通し〝他者の心を知る〟ことを殊更《ことさら》に意識し、僕が父について涙した日だ。

あの出来事が、彼女の気づきを決定的にしたのだろう。【一緒に住んでいる】【決して憎からず思っている相手が】【涙することを自分はやった】と。

一度気づけば、芋づる式だ。過去の記憶の全てが、最新の基準で再評価される。

何故、僕だったのか。今だったのか。

それはおそらく、芸術家から芸術家へ、世界を渡り旅するリャナンシーであった彼女にとって、早瀬桜之助→明日木青葉という流れが、初めての例外だったから。

自分が寿命を奪った相手から、その、ごく近しい続柄《つづきがら》の相手へ。数奇な組み合わせが、彼女を変異に誘った。

……野生の動物に安易に関わった結果、その生き物は、本来あった形から取り返しのつかない生態へと歪《ゆが》む。僕がしたのは、それと同じことなのか。

「出逢うのが、別の相手だったら。こんなことにならずにすんだのかな」

「違う」

ゆらゆらと、力なく首が振られる。

「きみじゃない。きみは悪くない。わたしも……本当はどこかで、気づいていたから」

遠い目をして、どこかを見る。やせこけた声が、自白する。

「いつから、だっけな。最初は、愛したいと思う相手にしか見えなかったわたしが、愛する相手を決めた時は、誰にでも見えはじめたのは。……わたしが愛して、すてきなものを創る人が、いなくなっても……すぐに次を、見つけようって気になったのは」

「——ああ」

繋がる。これまで保留にしていた齟齬《そご》が、出口を見つける。

「だってね、痛かったの。巡り合った人は、わたしを欲してくれて、わたしはそれが嬉しくて、一緒に夢を、叶えた。でも、夢を叶えた人は、わたしを置いていってしまう。自分だけ、満足して。愛は。愛は、わたしだけでは、紡げないのに。心の底から愛した相手を亡うのは、どうしようもなくつらいって、みんなみんな、その創ったもので、訴えていたはずなのに。だから、だからわたしは、わたしは、わたし、だって……」

「相手がそうなら、自分も喜んでやることに、したんだね」

遠いものだと思いかけていた。それが彼女の、リャナンシーという種族の生態で、人とは違うものだから。そんな、最短で簡単な理屈に逃げるところだった。

それさえも、僕の安易な思い込みだ。

「りやなさん。君は、こう思うようにしたんだな。——悲しむことはない。素晴らしい作品と、それを生み出す作家は、才能を与えればいくらでもいるんだから、って」

彼女は、愛するものを、変えた。その範囲……解釈を広げた。

「愛するのは、人じゃなく、人が生み出す作品のほう。作品は、どれだけ愛しても死なないし、ずっとそばにいてくれるから」

　これが、謎の答えだ。

　愛するものにしか見られないリャナンシーは、原則を守っていた。

　彼女は、芸術を愛するリャナンシー。ひいては、自分の愛するものを生み出すもの、そうなり得るすべての人間を愛するリャナンシー。

　──始まりの丘から遠く、長く、幾多《いくた》の出逢いと別れを経て。

　愛した結果の苦しみに擦り切れ果て、己の存在、動機の変じた妖精だった。

「ごめんなさい」

　彼女は、遺した言葉を繰り返す。内に芽生え、遅かれ早かれいずれ己を食い尽くしていた、愛することと取り殺すことの矛盾は、どうやらもう、誤魔化せないらしい。

　痛みで変わり、気づきで歪んだリャナンシーが、本来ありえない、人の価値観で動いている。

　それは今【愛する存在である】という己の根幹《こんかん》さえ、許されないと否定して、自らを消滅の危機に瀕させている。

「わたしは、奪ったものを何も返してあげられない。だから、それだけ、伝えに来たの。わたしのために何かを書くなんて、やってもらっちゃいけないことだから。これから先、きみに少しでも、わたしのために時間を、命を使うなんて、絶対にさせちゃだめだって思ったから」

美しさが痛ましさに、痛ましさは強制力に。新井進太朗の心に最適の姿をした存在が、懇願してきている。見ていられない、という気持ちが抗いがたく噴出する。僕の中にもあるらしいちっぽけな良心ってやつが、願いを聞き入れない罪悪感を咎《とが》めてくる。

理性が言う。僕の中の愛が言う。

人を許せるのが、いい男だと。

……ああ。僕は遅ればせながら、彼女の愛を受け入れた創作家たちの気分を知った。

そっか。こういうの、だったんだな。

自分より、世界の他の誰よりも、願いを叶えたい相手の言葉を聞いているのは。

動悸が激しく、瞳が潤《うる》む。女神のような絶世の美女が、未来を導く託宣《たくせん》を——。

「シンタロー。きみは、きみの物語を書いて。それは、わたしの指図で書くものより、わたしなんかが読みたいものより、絶対、ずっと価値がある。そんな資格もないけれど、わたしはそれを、応援し」

「は？　わたしなんかが？」

たった一言の迂闊《うかつ》が、僕の陶酔《とうすい》を一瞬で流し去る。

怒りというならこの瞬間、僕の腹に、燃える熱が灯《とも》る。

「なんで、それを君が決めるんだ？」

「……え、ええ？　あれ、し、シンタロー？　おか、おかしいな、わたし今、え、結構本気で、その、〝お願い〟をやったつもり、なんだけど」

「へえ。そういう不思議パワーって強弱きくやつだったのか。だとしたら君、最初の時からそうだけど、僕に対して何かを頼むのが絶望的に下手すぎだな」

ここぞという場面で地雷を踏む。

せっかく落とせそうなところで……新井新太朗が、偏屈で変人な、作家であることを思い出させる。

「聞き捨てならない。わたしなんか、だと？　——あのなあ、確かに教えてなかったよ。それでもさ、作家としてやろうと思ったんなら、色んな芸術家に寄り添ってきたんなら、それぐらいわかるだろう。わかってなきゃあ嘘だろう」

侮辱《ぶじょく》を受けた気分だ。訂正しなきゃ気がすまない。こんなことをわからせずに、はいそうですかとトロけられているものか。

「いいか、よく聞けよ。人には好きも嫌いもある。合う合わないはあたりまえだ。でもな、人が作品を選んでも、選んでくれた相手を拒む作品なんて存在しない。作品は何も言わずにそこにある。どういうふうに見られようと何も言わない。それだからこそ、素晴らしい」

ひとつの創作がある時、観客はそこに、あらゆる心を許可される。どう感じようと、何を思おうと、それは決して侵されない、上下も貴賤もない、受け手の自由だ。

「〝お前は味わっちゃいけない〟作品なんてない。創作をなめるなよ、リャナンシー」

「で、でも、わたしは……わたしは、シンタローの、サクノ、の……」

……やれやれ。じゃあ、次はそっちか。いいだろう。

「あいつだけどさ。そもそも、寿命だったんだと」

「………………え？」

「心臓の病気。君と出逢ったその時にはもう長くなかった。リャナンシーに精気を吸われるとかがどれだけ関係してたかなんて証明できないけどさ、僕に言わせてみりゃあ、はっ。ブッチギリで恩恵《メリット》がでかすぎたね。とんだ不等価交換だよ。あんた、まんまと一杯食わされたな」

「え、ええ、えぇぇ……⁉」

この間、息子だからって隠すのをやめたぶっちゃけ波見さんから聞いた話では【水平以後】＝リャナンシーと契約した早瀬桜之助は、そりゃあイ、イ、イケイケだったらしい。

気持ちは、ムカつくがわかる。最高の文章がスラスラ出続ける快感ときたら、世界を愛撫《あいぶ》している以上だろう。

しかも出す作品出す作品が大ヒット、ファンレターは山ほど届き、ネットには称賛が溢れ、二流作家と軽んじてきた方々からの焦った掌返し《てのひらがえ》しに部数増刷重版出来《じゅうはんしゅったい》向かうところに敵はなし――晩年まで売れずに埋もれて寿命到達なのがリアルに見えていたどん詰まりの作家として、これほどのチートでスウィートな夢はあるまい。

「死人に鞭《むち》打ちたかないけどさ、母さんも別れて正解だったろうな。大作家になったおかげで慰謝料に養育費もたんまり払われてるって話だから、少なくとも新井家の事情については、不幸になった奴はいないよ。実の息子が保証する。被害者ってんならむしろそっちだ。何が愛だか、まんまと利用しやがってんじゃん」

古今東西、よくあるパターンだ。

怪物は恐ろしいが、結局、どんな怪物よりも、人間が一番恐ろしい。

「挙句。多分、僕も巻き込まれてるぜ」

「……シンタロー、も?」

ああ、と頷く、

「早瀬桜之助の八作目……遺作、【天涙《てんきゅう》の丘】。ある孤独な作家が、引っ越した場所で天啓を得る物語だ」

作家として行き詰まった僕は、それを読んで……それに影響を受けて、父の使っていた書斎の家に引っ越し、仕事場にすることを決めた。

「信頼っていえばそれっぽい。でもさ、こんなの半分利用だろ。フェアに同意を得るつもりなら、生きてるうちに言やあいいのに。僕には何にも言ってないし……作家としては何も教えなかったくせに、あいつ、僕の作品、こっそり読んでたんだろうなあ。自分の作品をどれだけ読んで、どれだけ影響を受けてるかも知ってたんだろうなあ、くそ」

僕が作家を目指していることも、自分の作品で影響を受けるのも知っていた。

まるで、タチの悪い推理小説の解決編だ。一連の出来事はすべて、もういない黒幕に操られていたって寸法だ。

「な……なんのために？」

「それこそ、推理するまでもない」

はぁ、と。もういない、まんまと勝ち逃げした、この家の前の主に向けて溜め息を吐《つ》く。

「君のためだ」

指摘すると、身体が震えた。言葉に詰まって、妖精が息を呑《の》んだ。

「自分がいなくなった後、残されるのは、七冊の著作と、それなりの遺産と、アクセスの悪い郊外の一軒家と……それから君だろ、りやなさん。早瀬桜之助は、自分亡き後、そのケアを僕に託してたんだよ」

相手の感情を見極めるのに長け、ギリギリのところを飄々と歩く見事なヒモ素質まであったという父が……更に、リャナンシーの接触を受け、才能を開花させたなら。彼女と住む中で、言動や素振りからいくらでも、彼女が危うい状態だと察することはできたのだろう。

問題は、いくらそれがわかっても、一度愛と才と寿命の契約をした自分では……仮に契約しなかったとしても、既に時間が残されていないこと。

それでは何も解決できない。

だから、ならばと割り切って。あいつは僕に、事情を託すと決めたのだ。

長く生き、動機も、存在も、人と触れ合う中で変質してしまったリャナンシーを、欲張りに救う道を。

「そ、それって、なん、え、サクノ……」

「言わないぞ。それは、自分でわかれ。わかってやれよ、愛したんなら」

もじもじと、もごもごと。

彼女は自分で考え、必死に悩み、辿り着く。

「──サクノは、わたしを……好きだった、んだ」

「息子を利用してでも助けたい、って思うくらいには、ね」

腹立たしいのは、多分僕も、助ける相手に入っていたことだ。

父の亡き後、僕は、そりゃもうこじれた。勝手に死にやがってちくしょうが、とひねくれた。……そうやって反感をかぶせることでしか、やり場のない悲しみを誤魔化す方法を思いつけなかった。多分、あの人は、息子がそうなることも予想していた。

だから、相手を用意したのだ。早瀬桜之助のような作風を好むリャナンシーが、そういうのを書かせようとすると。全力で拒むだろうことまで読んだ上で。

──あるいはそれを、信頼とも、呼ぶのかもしれない。

「つくづく腹立つよなあ。あんの黒幕作家」

勿論、全部推測だ。本当に何を考えていたかは、返す返すも、永遠に知れない。

でも。どんな命も、その記憶も物語なら。

解釈はいつだって、受け取る側に委ねられている。

「早瀬桜之助はそうだった。あんたが関わってきた他のやつらも、一人残らず著名な芸術家たちらしく残ってた伝記を読んだ結果、早逝でこそあれ悲愴《ひそう》な晩年を送った人はいない。これでもまだ、自分はどんな作品を味わう資格もない、なんてほざくのか？」

「──シンタロー……」

「ほら」

僕は、改めて指し示す。明日木青葉があらん限りの情熱を叩きつけた、書きたてほやほやの作品がある、ＰＣを。

「読んでよ、りやなさん。それは、君のために書いた作品だ」

「……うん、センセー！」

彼女はＰＣに向かう。ファイルが開かれ、文字が躍る。僕はそれを、笑って見ている。

──いや。違うな、描写として正しくない。

僕は。

彼女を、嗤《わら》って見ている。

「……う」

そろそろ来るか、そう思っていた辺りで、ドンピシャだった。

「うぇぇぇぇぇぇぇぇっ⁉　ちょっ、何これぇぇぇぇぇぇぇぇぇっ！」

悲鳴があがった。僕は思いっきり、「ウッシャ！」とガッツポーズをとった。

「ちょ、ちょちょちょちょちょっと！　どういうことよこれ、シンタロー⁉」

「はぁ〜⁉ どうも何も、散々あんたがお望みだった、作家・明日木青葉！ 全力の、早瀬桜之助トレースでの終章代筆ですがぁ〜⁉」

「わかるわよ！ わかるけど！ でもこれ、う、うううぅぅ……！」

美女が乱暴に頭を掻《か》く。黒板のひっかき音でも聞いたみたいな表情だ。

「あんたが見たかっただろうことを全部書いた。伏線も残らず拾った。この展開ならこうなるしかないってのをきっちりやった。オーダーはなかったが希望通りの自負はある。面白いのができてたろ？ 実に早瀬桜之助らしい、ビターエンドだ」

「そうだよ！ さすがだよ！ 最高だよ！ わたしもこうするつもりだったよ！」

問題はない。しかし、不満があると、畳を叩く掌が訴える。

「じゃあ、何だ？」

「どうして、これを書いたのがわたしじゃないかなあ！」

「そんなの、書くべき時にいなかったからでしょ。作品ほっぽり出して、自分の罪悪感なんてのにかまけて消えたのはどこの誰かな？」

「〰〰〰〰！ た、しかに、そうだけど、でも！ でも、……でも――でもぉっ！」

『でも』の後が続かない。彼女はうなりをあげ、指を噛み、どうすればいいかわからない様子で、綯《な》い交《ま》ぜの感情で僕を睨《にら》みつける。

「わたしは、これを見たかった！ それは否定、しないよ！ でもさ、それは、これを書いてた時のわたしだ！ 今戻ってきて、きみとお話する前の、なーんにもわかってな

かったわたしなの！　だから今は、もう違う！　最高だけど、なんかズレてる！　こういうの……そうだ！　〝のっと・ふぉー・みー〟なんだから！」

「贅沢言うねえ。じゃあどうする？　だったら何だ？　それはもうそこにあるのに、今更何する？　物語はキレイに閉じて、誰もあんたをお呼びじゃないのに？」

「決まってる」

だん、と座りなおして、向き直る。

その瞳は既に、僕を見ない。そんなどうでもいいのは眼中にない。彼女が見るべきは、そう、この世のどこでもない、無限の白紙の中にこそ。

そうして。

半透明だった妖精が、再び——確かな立体と、色を、熱意を得ていく。

「わたしが、もいちど、書くっ！　そんで、これよりすごい、最高より最高の超最高に仕上げてやるっ！」

ぱぁん。

叫びを聞いた瞬間、思わず手を打っていた。渾身の、心からの、拍手だった。

「よく言った。ああ、そういうことだよな」

心を動かされても、動かされっぱなしでいられない意地。身の程知らずの挑戦心。自分が書かなければどうしようもない、という気持ち。それが創作の原点だ。

「最高なんかじゃ到底足りない。他の人が満足しても、自分が納得できなきゃしょうがない。そういう厄介だ、僕たちは」

　同じものを見たとしても、そこに込める思いは違う。万華鏡のように、十人十色《じゅうにんといろ》の千変万化を繰り返す。

　それこそいわゆる【解釈違い】で——それがあるから創作というのは、まったくどうにも面白い。

「自分が欲しいものは、自分で創ればいいんだ。前例がなかろうと、無茶苦茶手間がかかろうと、そんなの、できないの理由にならない」

　結果出来上がるのが、似ても似つかないものでも構わない。

　……僕がやった、早瀬桜之助のトレースだって、文量を重ねたら簡単にボロが出たに違いない。昔は一丁前に悩んだこともあった。自分には父のような素養はない、憧れたものにはなれないと。

　でも今は、それでいい、と思う。

　早瀬桜之助になれない。

　ならないでいいから、明日木青葉の道を歩める。

「否定してくれて、ありがとう。おかげで僕は、今の自分を愛せるよ」

　最初のスタート地点、始めた動機が何であれ、進むほど変わっていくのがこの世の常。

　だったら、彼女だって。

　人に才能を与え、結果を受け取るだけだったリャナンシーだって。

別の在り方に、変わっていけないわけがない。

そこに苦難が伴《ともな》おうと、その指はきっと、早瀬桜之助とも、明日木青葉とも――これまで彼女が創らせてきたどんな作品とも違う、そういう体験をした彼女にしか書けないものに辿り着く。

僕は、そのために、彼女を助けた。

明日木青葉は、彼女が他の誰でもない、りやなさんとして書き上げた作品と、勝負したくて。

正直。他のことなんて、全部改稿時の後付けみたいなものだった。

「どっちが化け物なんだか、じゃないな。僕もあんたも、どっちもどっち……作家なんてのは、どいつもこいつも、度《ど》し難《がた》いひとでなしだよな！」

声に返事はない。彼女は既に、自分の世界へ没頭している。

僕は部屋を去り、寄り道からようやく、自分の戦う場所へと戻る。

父の書斎、年季の入った文机《ふづくえ》、待たせすぎた相棒を立ち上げる。

「それじゃあ、書こう。今なら書けるよ。最高の、ハッピートゥビーコンティニュー」


【〆】

古い家に響くのは、二つの異なる打鍵音。重なり競う協奏曲。

日が暮れ、夜が深まり、朝が来る。
家の灯《ひ》は、いつまでも消えることがない。

エピローグ

シンタローとりやなさん

今すぐに死にたい。

これから起こる全部が怖い。

左胸がごわごわする。喉《のど》が半分封鎖していて、首が自然と折れ曲がる。囀《さえず》るウグイス、頼むから少し静かにしてくれ。吹き込む風、ちょっとそういう気分じゃない。

覗《のぞ》く元気もないけれど、時計はサボっていると思う。三徹くらいの倦怠感《けんたいかん》があるくせに、ちっとも時間が進んでいない。いないよな。いないはずだ。気休めに、自分の呼吸の数だけ数えているんだ。そのはずだ。百十八、百十九、百二十。

スマホのバイブと着信音が木板を揺らして、僕の心臓が破裂する。

反射的に伸ばした手は焦《あせ》りすぎて応答ではなく拒否を押し、慌ててすぐにかけ直した。

「もしもしもし新井《あらい》です！　お世話になってますすみません手違いで！　ええ！　はいはい！　それで、その、結果は――――」

返答を聞いた。

聞いて、放心した。

何を聞かれたか覚えていないし、何と答えたか忘れている。気がつけば、薄淡い暗がりの、お堂の床で腰を抜かして魂消《たまげ》ていた。

「――――、は、ぁぁぁぁぁぁ……」

長い呼吸をしていると、入口から、作務衣《さむえ》を着た大柄の男性が入ってきた。

……〝その時〟を迎えるに当たり精神集中したいと思った僕は、普段法話などで使われているお堂を使わせてもらえないかと願い出た。すると馴染《なじ》みの住職は『かまわんよ。檀家さんの一大事、断る理由も無《ね》ぇ』と快く答えてくださり、ちょうど所用で帰省していた一人息子を案内につけてくれた。

もっとも、僕にとって彼は、跡継ぎにはならなかったものの度々呼び出されては雑務を手伝わされるお寺の息子さんというより――高校の非常勤講師で、尊敬する小説家だ。

「嵐は過ぎたって感じだな。おい、鬼の沙汰《さた》はどうだった？」

御坊さんスタイルの軽部《かるべ》先生・みずあめぽっと先生に、僕は苦笑して答える。

「――それがですね。どうやら、嵐はこれから来るようで」

おお、と採点の答案を見た教師のごとき表情を彼は浮かべた。

「そいつぁおめでとう。念願成就だな、絵馬を結んだ甲斐《かい》があった」

「たは。どうも」

先に受けた電話は、波見《はみ》さんからの連絡だ。

半月前に出版した、明日木青葉《あしたぎあおば》の第四作目……初動売り上げを鑑《かんが》みて、この先翠生社《すいせいしゃ》で執筆を継続できるか、否《いな》か。編集会議の結果を伝えられるのが、本日だったのだ。

「ぺーぺーの身の上ですが、今日まで生きた心地がしませんでしたよ。何やっても上の空で、風呂は溢《あふ》れるわ料理の塩加減は間違えるわ洗濯物はひっくり返すわ」

「安心しろ。別に、何作重ねても慣れねえから。自分の作品が受け入れられるか恐ろしくってたまらないのは、ルーキーもベテランも平等だ。精々覚悟を決めていこう」

「うぐぅっ……そこは、もうちょい甘い手心を……」

「喝《かつ》。残念だが、優しさと甘やかすのは違うんでな」

あまあまは用法用量を守った上で楽しむのがいい、と微笑《ほほえ》み告げるみずあめぽっと先生なのだった。

「その、緊張してる理由はもう一つあってですね、また書かせてもらえるのは嬉しいんですが、今回、予期せぬほうから打診を受けまして……」

こういう言いかただけで、どうやら向こうはぴんと来たらしい。

「楽しくなってきたじゃないか。いいもんだぞ、広げるってのも」

その通り。今回波見さんから頂いたのは、明日木青葉の新刊【アンダーグラウンド・プラネタリウム】の続編、第二巻を書かないか、とのことだった。

……今まで、明日木青葉の作品と言えば【現役高校生作家】の魔力がきいていたデビュー作以来、売上は右肩下がりに落ちる一方だった。

それが今回、大ヒットでないにせよ初動の販売部数を紙・電子双方で自己ベストを塗り替えた。WEBでの反応も、躍動こそしていないがSNS上やブログで中々に上々、そればかりでなく、若い層、中学生からのファンレターも届いたとかで。

　さざ波は立った。秋には続編を発表、シリーズものとして印象づけ、作家・明日木青葉の代表作に育てたい……と、波見さんは僕に強く提案したのだ。

「……正直、不安なんですよ。僕、シリーズものに取り組んだ経験自体ないじゃないですか。しかも〝UP〟はあれ単体で完結するように書いたものだし、や、世界観や登場人物は、拡張性があるものだとは思いますけど」

「書ける材料、十分じゃないか。何が不安だ？」

　この人に隠したってしょうがない。僕は素直に打ち明ける。

「……怖いんです。【幸せな日々はこれからも続く】ってラベルを貼って閉じた作品の封を開けるのが」

　あの世界、彼らのラストシーンを想像する。光に溢れ、道が続き、苦難の果てに幸福を摑《つか》んだ彼らが迎えた、僕が思う限り最高のエンドマークを。

けれど、小説は常に、左にあるほうが強い。

「この指がほんの一文しくじるだけで、あの作品の幸せ全部が茶番になる。UPを好きだって言ってくれた読者の気持ちを台無しにする。取り返しのつかない蛇足《だそく》をやらかすくらいなら、いっそ、閉じた箱を開くべきではないじゃないかって、思ってます」

「そうか。それはそれで正しいと思うよ。作品に対してどういう責任を持つのか、次に何を書くのか——選び決めるのは、作者だ」

さて、と軽部先生が手に持っていた手桶《ておけ》と雑巾を示す。

「お堂の清掃をするからよ、待たせている相手を迎えに行きな」

「……はい」

「行ってらっしゃい。そうそう、石動《いするぎ》にも連絡しとくぞ。今夜は祝賀会、それも二つ重ねてめでたい席になったってな」

「何から何まですみません」

「気にすんな。この世話焼きも、おれがやらずにゃいられん煩悩《ぼんのう》だ」

南無、と拝《おが》む軽部先生にお辞儀を返してお堂を出る。

今は三月、外は春。

雪の時節を越え、青い葉をつけはじめた並木の道を通り、敷地内の墓地へと向かう。

今日、電車を乗り継ぎ県境を越えこの寺にやってきたのは、報告をしておきたい、と思ったからだ。連絡を待つ前に、朝から墓の掃除を終えた。

父と共に過ごしていたもう一人の同居人、りやなさんと一緒に。

——妖精とはいえ、偏りつつも人間の社会で二百年は生活してきた彼女は、社会常識とか文化について無知じゃない。キーボードも打てるし電車の切符も買える。TPOにあった服装だって知っている。

でも。それについては、少し違った。

『ここに、いるの？ サクノが？』

墓参り。死者を想う、という概念。

彼女には、そうした考えかたは、リャナンシーであるがゆえに欠けていた。もしかしたら、考えてしまえば立ち行かないものとして、無意識に、深く知ろうとしないようにしていた。

『いなくなった人と、おはなし、できるの？ 別れたあとのことを、伝えられるの？』

『そうだね。僕はちょっと外すから、文句でもなんでも、言いたいことがあったら言ってやるといい。喜ぶよ、父さん』

異《こと》なる意見を持つ人もいるだろう。ただ、僕はそういうふうに解釈した。毎回何かしらのかたちで、出版された本を見せに来ている。家には仏壇だってあるんだけれど、ほら、気分的にね。

そうしてしばらく、僕は波見さんの連絡待ちで場を離れてお堂で待機し、父とりやなさんを二人にしていた。一体何を話すのか、父とはどんなふうに話すのか、気になりはしたけれど……多分それは、僕が開くべきではない本だ。

飛び石を踏みしめて歩いていくと、視界が開ける。林の中の墓所は、来たときと同じく、厳《おごそ》かな静謐《せいひつ》に……。

「――でね、ここ！ ここがね、ほんっとうにすごいの！」

……静謐に、包まれていた墓地に、丘に吹き抜ける春風のような声が通っていた。

「もう、まんまとやられちゃった！　わたし、こんなの全然、趣味じゃなかったのに！　好きじゃなかったはずなのに、気づいたら、読み終えたら……あるんだ！　胸の中の本棚の、よく見える位置に、この本が！　わたしは何もしてないのに！　霊感《インスピ》いっこもあげられなかったのに！　わたしが好きな物語を、わたしと解釈違いのまま書いちゃうなんて、どういうことよう！　あぁもう、たまらないわ！」

墓地の奥、背の高い女性が見える。喪服を兼ねる黒のスーツを着て、なのにその表情には全然暗い影がない。悲しみがない。寂しさがない。

感動が、ある。

「本人にはね、ぜったい言ってやんないの！　だってすっごく悔しいもん！　片想いなんて、そりゃあ慣れっこですけど？　でもなんだろう、この気持ちは知られたら負けな気がする！　だからね、ナイショだよ！　言っちゃダメだよ！」

後ろを向いて引き返すか、耳を塞《ふさ》ぐべきなのはわかってる。

なのに、離せない。離れたくない、目も耳も。

それほどに。今、物言わぬ墓石に話しかける彼女は、嬉しさと悔しさと明るさと親しさを見せつける彼女は。

一緒に過ごした時間の中で、もっとも魅力的だった。

「きみのこども、すっごいねえ！　すっごいヘンで、目が離せない！　人を愛しはじめてから、いーっちばん！　だから、安心して！　きみがいられなくてもその分、や、その分以上！　シンタローはわたしが、ずーーーっとずっと、大事にする！　あいつがわたしに恋してくれなくても、しつこいぐらいそばにいるんだから！　知っての通り、ふひひひひ、粘り強さがりやなさんの持ち味ですもんでね、サークノッ！」

僕は、自分が、衝動というものを抑えられるほうの人間だと思っていた。端《はた》から見たら無茶な思い付きでも、本人的にはしっかりと、理論《ロジック》を通しているタイプの変人だと。

御愁傷様。

そんな、かしこくておりこうな新井進太朗《しんたろう》の妄想は現時刻只今《ただいま》をもって死にました。

生まれてから一番の速度で歩き、生まれてから一番の強さで人の手を取り、そして、生まれてから一番の思いで爪先を伸ばし。

背伸びして、口づけをする。

「――――ぱ？」

目を丸くされる。今しがた、自分のそこに触れたものは何だったのか、りやなさんが、指でなぞって、考えている。

ほどなく、動揺と照れが、これまで誘うだけ誘ってきて、応じられずに余裕ぶっていたりやなさんの顔に、瞬くうちに広がった。

「ひゃ、い、や、や、し、しん、シンタロー？」

「――大したことじゃ、ないんだけど。そういえば、ほら。最初の不意打ちの反撃、してなかったから」

やられっぱなしは、趣味じゃない。

これはただ、それだけの行為だ。それ以上の意味はない、うん。本当に。本当本当。

「……もしかして。シンタロー、妬《や》いた？」

「冗談。君にそんなものしたら、貰いたくもない才能貰わなくちゃだろ。君と同じものを書いたってつまらないし、君みたいな扱いづらい厄介者を、次の人に押しつけるのは申し訳なくってできないね。……んじゃ。また来るから、父さん」

混乱を誤魔化そうとする得意気な顔に有無を言わさず、墓地から引《ひ》き剝《は》がすように歩いていく。……こういう振る舞いを見せとくのもいいだろう、それが、りやなさんをあの家に残し、僕をあの家に呼んだいけすかない父への礼だ。そんな解釈にしておく。

「……そうそう。妬いたかと聞かれたら、確かにそうだ」

並木道を戻りながら、今朝、電車の中で彼女が見せつけてきたものを思い出す。

あの日、戻ってきた彼女が書き上げ、そして、ネットに投稿したデビュー作。

多少の文句はつけられながら、実際は多くの読者を抱えていたりやなさんの作品が迎えた衝撃のラストは——いや、ラストでありながら、実は更に壮大な物語の始まりだったという展開は度肝《どぎも》を抜き、三ヶ月が経《た》つ今も毎日更新を続けているのだが。

それに今日、出版社から書籍化打診の連絡があった。口説《くど》き文句の文面には、担当者が心底作品に惚《ほ》れ込《こ》んでいる、確かな熱意を感じさせた。

「デビュー作から大人気の書籍化だ。僕みたいな木っ端《こっぱ》には、嫉妬《しっと》しないほうが難しいね」

「……えひ。えひひひひ、んじゃさ、ねえ。そっちこそ、最初の約束、覚えてる？」

──りやなさんの書いたもので、もしも泣いたら僕の負け。

──その時は何だって、傑作の読み賃に払ってやる。

あの契約を反故《ほご》にした覚えはない。当然今でも有効だ。

つまり、こういう理屈になる。

「引き分けだな。僕ら、お互い泣いちゃったろ」

「そーなんだよねー！」

ぶー、とりやなさんは悔しそうに口を尖《とが》らせる。

「つーことはまあ、な」

「そうだよねえ、うん」

戦績イーブン、揃《そろ》って頷《うなず》き、僕らは言う。

「「勝負は、まだまだこれからだ」」

道は長い。

そんで、苦しみもまた、はてしない。

創作は、己の時間と魂を削る行為。ゴールについたら一呼吸、それからまたすぐ走り出す、こんな日が無限に続くと思うとぞっとする。もういやだやめたいこんなことしたくないと思わなかった例しがない。

それでも、宝石みたいな一瞬があるのが、始末に負えない。

作家はそんな輝きに魅《み》せられて、騙《だま》されて、誰に頼まれたわけでもなく人生を注《そそ》ぐ。そんな、正気を疑うひとでなしの集まりだ。

……だから、まあ。

そこに一人くらい、本物の人間ではない妖精が交じっていたところで、なんの問題もないんじゃないかな。

「ところでさ、りやなさん」

「んー？」

「アンダーグラウンド・プラネタリウム。あれの続き書くって言ったら、どうする？」

「はぁぁぁぁぁっ⁉　ちょっ、勝負だからってそりゃないでしょうよシンタロー！　ずるいずるいやりかたきたない、そんなのさ、絶対読みたいに決まってるじゃない！」

ははは。創作は孤独と思っていたが、もしかしたらやっぱり、その限りでもないらしい。

少なくとも僕は次の作品を書いているあいだ中、もっとも身近な読者を手玉にとってやる気持ちよさで、にやにやしていることだろう。

春の風に背中を押される。今年も桜の花が咲く。

道は長い。死ぬまで長い。命の限りに想像しよう。

僕たちはこれからも、創らずにはいられない、創りたいものを創っていく。

Happy To be Continued.

あとがき

人外と人間のおはなしが好きです。

同じようで異なる、異なるようで同じなものが、関わって、語らって、結び付く模様が好きなのです。

かたや、一日《いちじつ》を駆ける命。

かたや、千秋を歩んだ瞳。

共通する言葉を使っているはずなのに、そこに籠《こ》められている意味は共有でない。

『しあわせ』と述べるとき、それがどこから来ているのか、何に基《もと》づいて浮き上がった思いなのか、隔《へだ》たりと言ってよいほどの深い溝がある。

思うことはできても、相手のことを解釈することはできても、その理解がほんとうに届くことは、きっとない。

けれど。

決して届かないからこそ、相手のことを、より思う。

届かぬことを受け入れた上で、届きたいと思い合う。

そんな、お互いがお互いの世界から歩み寄っていくはなしに、惹《ひ》かれるのです。

——すなわち。

今作のテーマは『届きそうで届かない恋しさせつなさじれったさ』であり、悩める高校生作家・新井《あらい》進太朗《しんたろう》が、目先にぶらさがる才能や乳を素直に摑んどけばいいのに手を伸ばせず勝手に悩む様こそが最大の見所だというわけですね！

いやまったく。捨てりゃあいいのだ、そんな余分で、不自由なもの。手のひら返せばそれだけで、欲しかったすべてが手に入る。彼は実に幸運なくせに、『自分ならもっとうまくやれる』と呆れられるような道ばかりを選びます。

もったいなくてみっともない、曲がりくねった回り道。

それでもそれが彼にとっての、まっすぐな道。自分で選び、自分で望み、自分で決めて、自分が好んだ、解釈の道。

思春期の煩悩、偏屈作家の執着……虚仮《こけ》の一念、何処《どこ》へ至るか。

――届く保証もない挑戦に、届けたいとひたむきに挑み続けるその姿を。

――あの妖精は、ずっとずっと、尊く、愛しいと感じてきたのでしょう。

届かぬものに、挑むもの。

人間も、人外も。近くて違ういきものたちは、違うが近い彼と彼女は、同じ輝きを、好きになったのです。きっと。

そんなこんなでどっとはらい。今作を読んでくださった貴方、出版までに関わってくださった方々、皆々様に喜び込めて、感謝感激雨霰。

殻半《からなか》ひよこでございました。

イラストを描かせて頂きました
小説と共にイラストも楽しんで
頂けましたら幸いです。

■ご意見、ご感想をお寄せください。……………………………………………

ファンレターの宛て先
〒102-8177 東京都千代田区富士見2-13-3 ファミ通文庫編集部
殻半ひよこ先生 ハム先生

FBファミ通文庫

わたしを愛《あい》してもらえれば、傑作《けっさく》なんてすぐなんですけど!?

1793

2021年8月30日 初版発行

◇◇◇

著 者 殻半《からなか》ひよこ
発行者 青柳昌行
発 行 株式会社KADOKAWA
〒102-8177 東京都千代田区富士見2-13-3
電話 0570-002-301(ナビダイヤル)
編集企画 ファミ通文庫編集部
デザイン アフターグロウ
写植・製版 株式会社スタジオ205
印 刷 凸版印刷株式会社
製 本 凸版印刷株式会社

●お問い合わせ
https://www.kadokawa.co.jp/ (「お問い合わせ」へお進みください)
※内容によっては、お答えできない場合があります。
※サポートは日本国内のみとさせていただきます。
※Japanese text only

ISBN978-4-04-736737-1 C0193

定価はカバーに表示してあります。

斧使いのおっさん冒険者イチャエロハーレム英雄譚

著者／いかぽん
イラスト／蔓木鋼音

斧の力で報われない人生が激変!?

報われない人生を送ってきた斧使いのおっさん冒険者ダグラス。彼はある日ダンジョンで仲間に裏切られて命を落としそうになる。そんな時、神話級の力を持った斧を手に入れることに。斧の力で彼は窮地を脱した後、美少女たちに惚れられ、誰もが羨むような英雄への道を歩み始める。

俺だけレベルが上がる世界で悪徳領主になっていた

著者／わるいおとこ
イラスト／raken

本格派戦略ファンタジー、開幕！

異世界を舞台にした戦略ゲームでランキング1位となった男はゲームの運営によってゲームの世界に転生させられてしまう。しかも自分はプロローグで死んでしまう悪徳領主、エルヒン・エイントリアンになっていた！　果たしてエルヒンは死の運命を回避することができるのか!?

FB ファミ通文庫

彼女できたけど、幼馴染みヒロインと同居してます

著者／桐山なると
イラスト／pupps

ハピエンafter三角関係

告白大会のすえ、相生夏《あいおいなつ》は転校生の亀島姫乃《かめしまひめの》の思いに応えた——でも、日常は終わらない。同居ルートに入っていた幼馴染みの真形兎和《まがたとわ》は、まだ普通に家にいる。しかもようやく自分の気持ちを自覚したという兎和は、むしろフルスロットルでイチャイチャをしかけてきて——。

FBファミ通文庫

放課後の図書室でお淑やかな彼女の譲れないラブコメ2

既刊

放課後の図書室でお淑やかな彼女の譲れないラブコメ

著者／九曜
イラスト／フライ

泪華と静流の恋の行方は——。

瀧浪《たきなみ》泪華《るいか》に好意を寄せられつつも答えを出せずに悩む真壁《まかべ》静流《しずる》。静流の姿を見かねた壬生奏多から「自分の感情に誠実であればいい」とアドバイスを受け、少しずつ泪華に気持ちを伝えはじめる。そんな中、蓮見《はすみ》紫苑《しおん》と一緒に帰っているところを同級生の直井《なおい》恭兵《きょうへい》に見つかり……。